蓝色花诗丛

对星星的诺言
—— 米斯特拉尔诗选

[智利] 米斯特拉尔 著

王央乐 译

人民文学出版社

图书在版编目（CIP）数据

对星星的诺言：米斯特拉尔诗选／（智利）加夫列拉·米斯特拉尔著；王央乐译．—北京：人民文学出版社，2018
（蓝色花诗丛）
ISBN 978-7-02-013671-1

Ⅰ.①对… Ⅱ.①加… ②王… Ⅲ.①诗集—智利—现代 Ⅳ.① I784.25

中国版本图书馆CIP数据核字（2018）第012439号

出版统筹	仝保民
责任编辑	陈　黎
特约策划	李江华
特约编辑	杜婵婵
封扉设计	陶　雷

出版发行	人民文学出版社
社　　址	北京市朝内大街166号
邮政编码	100705
网　　址	http://www.RW-cn.com
印　　刷	三河市详宏印务有限公司
经　　销	全国新华书店等
字　　数	130千字
开　　本	787毫米×1092毫米　1/32
印　　张	6.25
印　　数	1—6000
版　　次	2018年9月北京第1版
印　　次	2018年9月第1次印刷

书　　号	978-7-02-013671-1
定　　价	38.00元

如有印装质量问题，请与本社图书销售中心调换。电话：010-65233595

编者的话

"蓝色花"最早源于德国诗人诺瓦利斯的一部作品，被认为是浪漫主义的象征。蓝色纯净，深邃，高雅；蓝色花，是诗人倾听天籁的寄托，打磨诗艺的完美呈现。在此，我们借用上述寓意编纂"蓝色花诗丛"，以表达诗歌空间的纯粹性。

这套"诗丛"不局限于浪漫主义，公认优秀的外国诗歌，不分国别、语种、流派，都在甄选之列。我们尽力选择诗人的重要作品来结集，译者亦为一流翻译家。本着优中选精、萃华撷英的原则，给读者提供更权威的版本，将阅读视野引向更高远的层次。同时，我们十分期待诗坛、学界和广大读者的建设性意见。

二〇一五年五月

目　　录

诗　选

树的赞歌 ……………………………………	003
罗丹的思想者 ………………………………	007
我的书 ………………………………………	009
乡村女教师 …………………………………	014
圣栎树 ………………………………………	017
我唱你一向爱听的歌 ………………………	020
心醉神移 ……………………………………	022
提示 …………………………………………	025
上帝的意愿 …………………………………	028
死的十四行诗 ………………………………	032
徒劳的等待 …………………………………	036
被遗弃的女人 ………………………………	039
歌谣 …………………………………………	043

致白云 …………………………………… 045

凯楚阿民歌 ………………………………… 047

山顶 ………………………………………… 049

索尔薇格之歌 ……………………………… 051

孤单的孩子 ………………………………… 055

紧贴着我 …………………………………… 057

我不感到寂寞 ……………………………… 059

夜晚 ………………………………………… 060

叫人喜欢 …………………………………… 062

忧虑 ………………………………………… 064

露珠 ………………………………………… 066

发现 ………………………………………… 068

帮手 ………………………………………… 069

摇篮 ………………………………………… 071

但愿他别长大 ……………………………… 073

彩虹 ………………………………………… 076

蝴蝶 ………………………………………… 078

家 …………………………………………… 081

对星星的诺言 ……………………………… 084

爱抚 ………………………………………… 086

伸手拉着我 ………………………………… 088

玉米之歌	090
智利的土地	093
色彩的旋律	095
宁谧的言语	098
流亡的犹太女人	100
工人的手	102
失眠的女人	105
我的母亲	109
黎明	116
黄昏	117
夜晚	118
相逢	119
羞怯	122
失眠	124
民谣	125
小工人	127
三棵树	130

散文诗选

| 美 | 135 |
| 歌唱 | 136 |

四瓣的花朵	138
丑	140
绷带	141
致播种者	142
上帝的竖琴	144
幸福	146
艺术家十诫	147
孩子们的头发	149
陶土水罐	150
泥土的主题	152
母亲的诗	156
玫瑰树根	161
池塘	163
回忆远方的母亲	165

附录

颁奖仪式上的授奖词	175
领奖时的讲话	180
妇女与摇篮曲	182

诗 选

树的赞歌

　　树木兄弟,褐色的根系
把你固定在泥土里,
你扬起轩昂的额头,
无比渴望地伸向天空,

　　让我对渣滓怀有怜悯,
它化作泥土将我培育,
别让我的记忆淡却,
忘掉我蓝色的故国。

　　你以宽广的荫凉
和焕发的容光
向旅人宣告
你亲切的风貌:

在生活的草原上，
让我占一席之地，
让我对人们的心灵
施加温暖的影响。

十分丰饶的树木：
花朵千姿百态，
木料是有用之材，
随风散发芬芳，
树叶给人凉爽；

树胶柔可绕指，
树脂奇妙无比，
沉甸甸的花果，
发出悦耳的旋律：

愿我像你一般慷慨大方。
在丰饶方面能同你相比，
愿我的心胸和思想
如同世界一样宽广！

但愿种种工作
永不使我疲倦:
愿我能付出巨大劳动,
不至于精疲力竭!

树啊,生命的脉搏
在你身上多么宁静,
你看到时代的激动
消耗了我的精力:

你肃穆的气质
把男子汉的镇定
给了古希腊的大理石雕塑,
让我也享有那份平静。

树啊,你是妇女温柔的怀抱,
你每一根枝条
都有一个轻巧的窝巢,
你把巢里的生物晃摇:

在人类广大的森林里
有些人没有栖身之地，
愿你茂密的枝叶
为他们抵挡风雨。

　　树啊,你的躯体散发着活力
总是给人以激励,
无论你在什么地方
都以庇护的姿态出现:

　　无论什么状况,
无论幼年、老年、欢乐、痛苦,
愿我的心灵充满爱情,
地久天长,始终不渝!

罗丹的思想者

粗壮的手托着下巴,
思想者在想他是墓中之物,
面对命运,不免一死,
他憎恨死亡,为美激动。

他火热的青春曾被爱情激发,
现已深秋,他沉浸于悲哀彻悟。
夜晚开始,"人皆有死"的想法,
鲜明地刻上他青铜的额头。

他筋肌奋张,忍受着痛苦,
皮肉的纹路充满了恐怖。
面对召唤他的上帝,

他像秋叶一般坼裂……
平原上的枯树和负伤的猛狮，
都不及探索死亡的人的抽搐。

我的书

书,架上默默无言的书,
沉寂而充满生气,宁静而热情洋溢;
书抚慰人们心灵,像天鹅绒那般温存,
自己多么悲哀,却给我们欢欣!

我的手整天操劳,疲惫不堪;
夜晚仍情意绵绵把你们寻觅,
你们在壁架里深情地望着我,
仿佛一张张熟悉的面庞。

《圣经》,崇高的《圣经》包罗万象,
我在其中久久盘桓观赏,
你的《诗篇》喷射最炽热的岩浆,
我的心在你火的河流中燃烧!

你像醇酒激励着我的亲人，
使他们在众人之中昂然屹立，
一提你的名字我就振奋，
我从你那里取得力量，战胜命运。

除你之外，只有那个杰出的佛罗伦萨人①，
他嘹亮的呼声能使我振聋发聩。
至今使我像芦苇一般折服，
他光怪陆离的炼狱还历历在目。

但丁的烈焰烤得我口干舌燥，
为了寻求清凉的甘露，
我找到阿西西②终古长新的小花，
张开双臂扑上温馨的花丛！

---

① 指意大利诗人但丁（1265—1321）。他的代表作《神曲》反映了中世纪后期意大利的社会生活，谴责贵族和教会统治的罪恶。全诗一万四千余行，分《地狱》《炼狱》《天堂》三篇。
② 指阿西西的方济各（1182—1226），意大利教士，宣扬人类博爱，创立方济各会，著有《太阳颂歌》。

我看到玫瑰般俊逸的方济各,
在田野经过,比微风还要轻灵,
他吻着盛开的百合和创伤的心胸,
仿佛在吻无所不在的上帝。

米斯特拉尔①的诗歌,有如新翻的犁沟,
散发着清晨泥土的芬芳,使我神移心醉!
我看到米勒亚②在严峻的荒漠,
从爱情之果挤出鲜红的液汁!

我满怀深情地也想到了你,
胸襟洁白的阿马多·内尔沃③,
清新的早晨我吟诵你的诗句,
山峦的容貌也变得更秀丽。

---

① 米斯特拉尔(1830—1914),法国诗人,毕生提倡普罗旺斯方言文,一九〇四年获诺贝尔文学奖。
② 《米勒亚》是米斯特拉尔用普罗旺斯方言写的长诗,取材于民间传说,内容是女农庄主米勒亚和手艺匠人维森特的爱情故事。
③ 阿马多·内尔沃(1870—1919),墨西哥诗人、小说家。早期诗作有泛神论观点,后倾向于神秘主义,追求形式美,注重韵律和音乐性。

高尚古老的书,纸张已经发黄,
你们不倦地宽解人们的悲痛,
你们给旧愁披上新装:
从约伯到肯皮斯①忧伤的调子依然!

像基督一样走上苦难之路的人,
把诗歌紧贴在流血的伤口,
痛苦的篇章是维隆尼加②的手帕;
书籍都像血红的玫瑰!

我爱你们,字字珠玑的诗人,
你们虽已逝去,还在安慰我,
夜间在柔和的灯光下,
发出柔和的叹息,同我娓娓交谈!

我从打开的书页上挪开眼光,
死去的人,我的想象织成你们的面庞:

---

① 约伯是《圣经》人物,以虔诚和忍耐著称。肯皮斯(1379—1471),是德国神秘主义作家,著有《基督的模仿》。
② 据古老的传说,耶稣赴难的路上,维隆尼加用一方白手帕替耶稣擦脸,耶稣的容貌便印在手帕上。

热烈的眼睛,渴望的嘴唇,
在紧实的土地中徐徐消失。

——在墨西哥"加夫列拉·米斯特拉尔"
　　图书馆朗诵的诗

乡村女教师

纯洁的教师。"这是耶稣的领地,"
她说过,"温柔的园丁在这里,
眼睛和手应当保持洁净,
灯油应当澄清,让灯火通明。"

穷苦的教师。她的王国超凡不俗。
(以色列痛苦的土地也是一样。)
她穿着粗布裙子,没有饰物,
她的心灵却是巨大的宝藏!

快乐的教师。可怜的女人受过创伤!
她的微笑含着善良的泪水。
她的凉鞋陈旧破烂,
笑容是她圣洁的花卉。

可爱的人!她充沛蜜甜的河水
尽情地解除痛苦的干渴!
铁器划破她慷慨的胸膛,
使她爱情的流域更宽广!

啊,农夫,你的儿子从她嘴里
学会歌颂祈祷,你从未见到
她内涵的夺目光辉:你在她面前走过,
却没有吻过她怒放的心花!

农妇,你可记得你碎嘴贫舌
曾经把她的名字中伤?
你见过她百次,但对她并不了解,
在你儿子的心田,她的劳动远超过你!

她辛勤耕耘你儿子的心田,
犁地开垅,播下完善的种子。
春华秋实的美德应归功于她。
农妇,难道你不请求她宽恕?

她像荒野的圣栎树,提供绿荫一片,
直到死亡召唤她离开人间。
她想到长眠的母亲在等待,
便毫无难色,欣然上路。

她在上帝怀中入睡;
月亮垫身,星辰枕头;
天父为她唱起安眠曲,
和平久久笼罩她心头!

她的灵魂像是充盈的杯子
把泪滴洒向人间;
她的一生是杯子的裂罅,
天父通过它投下光线。

她的骸骨虽成粉尘,
仍旧保持玫瑰盛开的红色。
看墓人说,路人踩过她的骸骨,
脚底都沾上了芳香!

圣栎树

——献给女教师布里希达·沃克小姐

一

这个女人的心灵,荏弱而又豪放,
端庄中带有温柔,慈爱里含着严厉,
她像是一株圣栎树,葱翠芬芳,
盛开的长春花攀缘在强壮的枝丫上。

晚香玉的温馨、橡木的坚实,
糅合在一起成了她玫瑰色的心房,
尽管她傲然挺拔,假如你细细端详,
便可发现她叶子激动的颤抖。

两千只云雀在她那里学会啭鸣,

尔后各奔前程,飞向四方,
把天空装点得更加辉煌。

让我吻你疤痕累累的树干,
高尚的圣栎树,让我举起右手,
久久地祝福你这圣洁的生物!

二

雀巢的重量没有把你压弯。
你从不想摆脱甜蜜的负担。
你枝叶茂密,只为提供庇护,
除此以外别无他求。

生命之风拂过你葱茏的枝叶,
只带来陶醉,没有狂暴和声息;
纷乱的生活拨动你的琴弦,
只激起上帝安详的节律。

你庇护了这么多雀巢,这么多欢唱,
你献出满腔热忱,

提供了帮助和爱情,

圣栎树,这一切使你的木材圣洁。
千姿百态的枝叶青春常在,
秋去冬来,无损你的翠绿!

三

圣栎树,高尚的树,我为你歌颂!
愿你的树干永不发出痛苦的哭泣,
愿人类邪恶的樵夫在你面前扔下利斧;
假如上帝的雷电把你伤害,
愿雷电仁慈宽大,
宽大的心胸既像你,也像上帝!

我唱你一向爱听的歌

我唱你一向爱听的歌,我的生命,
也许你会前来倾听,我的生命,
也许你能记起你生活过的世界,
我在黄昏时分歌唱,我的幽影。

我不愿意缄默,我的生命。
没有我的歌声,你怎么将我找寻?
你有什么信号可以遵循,我的生命?

我还像以前一样属于你,我的生命,
没有冷漠,没有忘却,没有迷惘,
傍晚时来我身边吧,我的生命;
慢慢回忆一支歌,我的生命,
看你能不能辨出这支听过的歌,

是不是仍旧记得我的名字。

我等着你,没有时间的限制,
你别怕夜晚、浓雾或者大雨。
到我身边来吧,不管有没有路。
从你所在的地方招呼我,我的生命,
一直来我这儿,我的伴侣。

心醉神移

啊,基督,把我的眼睛合上,
让我嘴里结起冰霜,
全部话语已经说尽,
所有时间都属多余。

他瞅着我,我们默默无语,
两对眸子相对许久,
仿佛死一般呆滞。
我们惊讶失色,
面容像临终那么苍白。
经过那一时刻,还能剩下什么!

他的声音激动得发颤;
我出于忧伤苦恼,

说话也不知所云,
断断续续,支离破碎。
我对他说,他和我的命运
注定是血泪的混合。
我知道,这之后什么都不剩。
我脸上的铅华
都会被泪水洗净。

我的耳朵闭塞不闻,
我的嘴巴缄默无声。
这个惨淡世界的一切
在我眼里已无意义:
不论沉寂的白雪,
还是殷红的玫瑰!

基督,以前饥渴时我不曾恳求,
如今我却向你央告,
让我的脉搏停止,
把我的眼睛合上!

替我把风挡掉,

别让他的絮语受到干扰；
替我遮住耀眼的阳光，
好让我看清他行近的形影。
接纳我吧，我带着无限深情来到，
像洪水泛滥的大地那般浩渺！

提　示

你别把我的手握紧。
长眠的时辰总要来到，
那时我双手合抱，
上面堆着许多尘土和黑影。

你会说："我不能爱她，
因为她的手指纷纷脱落，
像是熟透的麦穗。"

你别吻我的嘴唇。
幽暗的时刻总要来临。
那时我躺在阴湿的地上，
嘴唇已经荡然无存。

你会说:"我爱过她,
可现在再也不能,
因为她已闻不到我的亲吻。"

我听了你的话会感到苦恼,
你说得未免荒唐,
当我手指脱落的时候,
我的手将放在你的头上,
我呼出的气息
将拂过你忧虑的脸庞。

别再碰我,如果说我给你的爱情
在我张开的双臂,
在我的嘴唇、我的项颈,
那只是一派谎言,
如果你以为得到了一切,
也只是像瞎孩子在骗自己。

因为我的爱不仅是
这具冥顽疲惫的躯体,
穿上悔罪衣就簌簌发抖,

我感情升华时它却落后。

我的爱不在嘴唇,而在亲吻;
不在胸脯,而在声音:
它是上帝的一阵清风
吹透了我这暂寄尘土的血肉!

上帝的意愿

一

假如你辜负了我的情意,
大地会像后娘那样狠毒。
小河流水将会抽泣呜咽,
悲伤得直打哆嗦。
当初你我山盟海誓,
世界显得多么旖旎,
我俩依着相思树,
脉脉含情,默默无语,
爱情就像那株树的芳香
渗透了我们身体!

假如你辜负了我的情意,

大地会遍生毒蛇;
我膝下空虚,
怎能排遣孤寂。
基督在我心头消失,
我关上我家大门,
不理睬求助的乞丐,
把苦恼的女人推出门外!

二

你亲吻的声息
会飘到我耳际,
因为深邃的岩洞
传来你的话语。
小径上的尘土
留下你的脚印,
我像一头小鹿,
寻迹跟你到山岭……

白云把你所爱的人
描绘在我家上空。

即使你到地底深处
偷偷地吻她,
每当你捧起她的脸颊,
会看到我带泪的面庞。

三

假如你不与我同行,
上帝不让你见到阳光;
假如水中没有我的映影,
上帝不让你饮水解渴;
他不会让你入眠,
除非你枕着我的发辫。

四

假如你离我而去,
路边的苔藓都会使我心碎;
无论到山区或平原,
饥渴永远和你伴随,
无论在什么地方

血红的残阳像是我的创伤。
尽管你呼唤另一个女人,
从你舌头漏出的会是我的名字,
我像苦咸的卤水
滞留在你喉头;
任你憎恨、歌唱、渴望,
你需要的只有我一人!

五

假如你客死远方,
你将在地下伸出手掌
承接我的泪水,
十年都不会流光,
你会感到全身肌肉
痛苦得抽搐颤抖,
直到我的骨头化为粉末
把你的脸蒙上!

死的十四行诗

一

人们把你搁进阴冷的壁龛，
我把你挪到阳光和煦的地面。
人们不知道我要躺在泥土里，
也不知道我们将共枕同眠。

像母亲对熟睡的孩子一样深情。
我把你安放在日光照耀的地上，
土地接纳你这苦孩子的躯体
准会变得摇篮那般温存。

我要撒下泥土和玫瑰花瓣，
月亮的薄雾缥缈碧蓝

将把轻灵的骸骨禁锢。

带着美妙的报复心情,我歌唱着离去,
没有哪个女人能插手这隐秘的角落
同我争夺你的骸骨!

二

有一天,这种厌倦变得更难忍受,
灵魂对躯体说,它不愿拖着包袱
随着活得很满意的人们
在玫瑰色的道路上继续行进。

你会觉得身边有人在使劲挖掘,
另一个沉睡的女人来到静寂的领域。
待到我被埋得严严实实……
我们就可以絮絮细语,直到永远!

只在那个时候你才明白,
你的肉体还不该来到深邃的墓穴,
尽管并不疲倦,你得下来睡眠。

命运的阴暗境界将会豁然明亮,
你知道我们的盟约带有星辰的印记,
山盟海誓既然毁损,你就已经死定……

三

一天,星辰有所表示,
你离开了百合般纯洁的童年,
从那天起,邪恶的手掌握了你的生命。
你在欢悦中成长。它们却侵入了欢悦……

我对上帝说:"他给领上毁灭的途径。
那些人不懂得引导可爱的心灵!
上帝啊,快把他从致命的手里解脱,
要不就让他在长梦中沉沦!

我不能把他唤住,也不能随他同行!
一阵黑色的风暴把他的船吹跑。
让他回到我怀抱,要不就让他年纪轻轻地死掉。"

他风华正茂,生命之船却已抛锚……
难道我不懂爱情,难道我没有怜悯?
即将审判我的上帝,这一切你都知道!

一九一五年

徒劳的等待

我忘了你轻快的脚步
已变成沉重的泥土,
跟以往美好的日子一样,
我到小路上去和你会晤。

我经过山谷、平原、河流,
歌声里充满了哀愁。
傍晚的余晖已经消退,
可是还不见你到来!

残阳似虞美人的花瓣
纷纷枯槁飘落;
流苏般的雾气在哆嗦,
我在旷野里多么孤独!

秋风扫过树林,
白色的枝丫发出呻吟。
我害怕,向你呼唤:
"亲爱的,脚步加紧!

我心里又爱又怕,
亲爱的,快些来吧!"
夜色越来越深,
我的焦急与时俱增。

我忘了你已不闻不问,
听不到我的呼唤;
我忘了你已经不能出声,
我忘了你脸色已经惨白;

你的手毫无生气
已经不能把我的手抚摸;
你睁大了无神的眼睛,
显得无限诧异!

夜色更加深沉，
像个漆黑的池塘；
猫头鹰张开可怕的翅膀
阴森地掠过小路。

我不再把你呼唤，
因为你已离开人间，
我光着脚继续奔跑，
你却止步不前。

我沿着荒凉的小道，
赶赴约会全是徒劳。
在我张开的胳臂里，
你的形影再也不会凝聚！

被遗弃的女人

现在我要熟悉
辛酸的境界,
我要忘却你的爱,
它曾是我唯一的语言,
正如河流想忘怀
河床、流水和两岸。

你没有教我遗忘的本领,
为什么给了我珍贵的感情?
一切对我都多余,包括我自己,
没有节日,又何必穿上节日的衣裳?
天哪,从第一天起,
我的生命就没有必要!

奶娘没有教我字句,
我现在要从头学起。
"剥夺""空虚""生命的终了",
诸如此类的字句
尽管在我嘴里缠绕,
像毒蛇般地啮咬,
我却说个没完,翻来覆去,
像疯子似的唠叨。

亲爱的,我正当生命的盛年,
却要告别人间,
我要剖开我的脉管和胸膛,
掏出红石榴般的腑脏,
我要敲碎骨头的桃花心木,
因为我对你的爱已经入骨。

我焚烧我们共有的一切:
宽厚的外墙,高大的房梁,
我一扇又一扇地捣毁
你打开的十二扇门扉,
我一斧又一斧地劈烂

贮存欢乐的水槽。

我要把昨天打下的粮食
泼得满地狼藉,
让皮囊里的葡萄酒白白流淌,
我要释放笼中的鸟雀;
像损毁我自己的身体那样,
把棚舍的架子拆光,
让断垣残壁,灰烬瓦砾,
把我深深埋葬。

多么痛苦,多么残忍,
这些美好的东西多么可惜!
它们不愿毁灭,却呻吟着死去,
绽开了活蹦乱跳的腑脏。
木头似乎也解人意,在窃窃私语,
葡萄酒探出头在观望,
飞向天空的鸟雀
像雾霭般笨拙张皇。

刮风吧,让我的屋子

烧得比油松林更旺；
让顶楼和磨坊
东倒西歪，熊熊燃烧。
让我的黑夜，在火中煎熬的黑夜，
赶在天亮之前快快结束！

歌　谣

我嘴里的一切
都有一股眼泪的咸味,久久不去,
每天的食物、吟唱的歌谣、
甚至向上帝的祈祷。

自从我悄悄爱上了你,
你留给我的只是苦恼,
我整天以泪洗面,
自怨自艾,百无聊赖!

灼热的泪水,
使我两眼难开,
痛苦地扭歪的嘴
吐出的唯有祷告!

我既不敢把你寻找，
又无法将你忘怀，
这样怯懦地活着，
使我感到羞惭！

你的眼睛见不到天空，
你的骸骨已化作泥土，
我仰望苍天，
低头抚摩泥土培育的玫瑰，
内疚得心头直淌鲜血！
我这可怜的躯体，
殚精竭虑，完全多余，
不去地下躺在你身边，
却在这里哆哆嗦嗦，
依恋着肮脏的人间！

致白云

飘悠的白云
薄纱般轻盈,
请把我的心灵
带往寥廓的蓝天。

远离这座房屋,
让我把愁绪排遣,
远离这些围墙,
免得我黯然神伤。

飘忽的白云,
请把我带往海洋,
让我倾听
满潮的澎湃;

让我在花环似的波涛中
放声歌唱。

云彩、花环、脸庞,
请为我描出那个人的形象,
无情的时光
已把它冲刷殆尽。
不见他的脸庞,
使我内心忧伤。

过路的白云
来去何其匆匆,
请把清新的恩宠
留在我心胸。
我的嘴唇
已干渴得翕张!

凯楚阿民歌*

往昔的蒂胡安蒂苏育
是印第安人的发源地。
我们跳着舞,唱着歌,
来到了安第斯高原。

长箫的乐声激荡悠扬,
两千堆篝火烧得欢畅。
金饰辉煌的皇后、公主
和万福的贤人引吭歌唱。

你被太阳照眩了眼睛,

---

* 法国作家及地理学家雷克吕斯(1830—1905)在他编写的《世界地理》中整理了秘鲁凯楚阿妇女的一些民歌,米斯特拉尔参照其中一首,写了此诗。

迷迷糊糊地飞临,
只见空中一片寂静,
没有篝火,也没有印第安人。

原先的玉米地上
现在小麦生长,
羊驼几乎绝迹,
只见山上的牛群。

回到你的帕查卡马克①去吧,
你枉来了一遭,
新一辈的印第安人晕头转向,
像是迷途的飞鸟!

---

① 帕查卡马克,是秘鲁印加帝国时期的一座城市,在利马附近,现有寺庙和墓地的遗迹。

山　顶

傍晚时分，
残阳如血，把群山染红。

这时分，有人悲痛；
她在这个傍晚
失去了相依为命的人，
使她哀伤莫名。

在一颗心里，
傍晚浸润了血红的山顶。

山谷已被阴影笼罩，
到处一片寂静。
从深处望去，

山顶红得像在燃烧。

我总在这时开始歌唱,
一成不变地唱出我的悲伤。
把山顶染成殷红的人儿
莫非是我?

我把手搁到胸口,
只觉得血从心头淌流。

索尔薇格之歌*

一

世界像嘴唇那般温柔,
不减当年同你一起的时候,
世界上有无数道路……
永恒的情人,我仍在等你。

我眼看岁月像水一般消逝,
我眼看命运像水一般流去。
旧时的情人,我仍在等你:
世界上有无数道路……

---

* 索尔薇格是挪威作家易卜生诗剧《皮尔·金特》中的年轻女主角,她爱上了皮尔,抛离了自己的家庭,等待皮尔漫游世界归来,忠贞不渝,数十年如一日。

被你刺伤的心还在跳动：
它靠你，正如靠醇酒，才能维持。
我极目望着远处：
世界上有无数道路……

上帝见过我在你怀里欢乐的时刻，
我死后，如果问我你在何处，
如果问起这个问题，
我该怎么回答！

掘土声在山谷深处响起，
我心力交瘁，将在那里安息。
旧时的情人，我仍在等你：
世界上有无数道路……

二

葱茏的青松
给山坡以荫翳：
我所爱的人

如今在谁怀中偎依？

羔羊来到泉边
喝着清冽的泉水：
以前吻我的人
如今在吻谁？

寒风扫枞林，
拂过我的心口，
声音多么悲切，
仿佛孩子的哭泣。

我坐在门口
等候了三十个寒暑。
有多少雪花
在小径上飘落！

三

天空乌云四合，
松树随人发出呻吟；

乌云已把地面笼罩。
皮尔·金特怎能寻路来到!

黑夜在平原降落,
对旅人毫不怜悯。
夜色漆黑难辨,
皮尔·金特怎能寻路来到!

雪片默默飘落:
给地面铺上一层厚厚的麻布,
牧人们的火堆已经熄灭:
皮尔·金特怎能寻路来到!

孤单的孩子

听到啼哭,我站停在半坡,
循声走到一座小屋门口。
床上的婴孩睁着可爱的眼睛瞅我,
我仿佛喝了醇酒,暖意涌上心头。

妈妈在地里干活,迟迟未回,
孩子醒来,要找玫瑰般的奶头,
放声哭了……我把他紧抱在怀内,
唱起摇篮曲,歌声颤抖。

月光从打开的窗口看着我俩,
孩子已经入睡,歌声像另一种光亮
沐浴着我充实的胸脯。

孩子妈推开房门，慌慌张张，
见我的神情何等幸福安详，
便听任婴孩在我怀里睡熟！

紧贴着我

羊毛般柔软的小东西，
我的宝贝亲骨肉，
怕冷的小东西，
睡吧，紧贴着我身体！

鹧鸪睡在苜蓿地，
听到你匀称的心跳：
但愿我的呼吸别打扰你，
睡吧，紧贴着我身体！

微微颤动的小草，
对生活感到新奇，
别离开我怀里，
睡吧，紧贴着我身体！

我已经失去了一切，
如今我睡不踏实。
别从我怀里滑去：
睡吧，紧贴着我身体！

我不感到寂寞

夜晚一片荒凉,
从群山直到海洋。
我把你轻轻摇晃,
我不感到寂寞!

天空一片荒凉,
月亮已沉入波浪。
我把你搂在怀里,
我不感到寂寞!

世界一片荒凉,
人们多么悲伤,
而我,把你贴在胸前,
我不感到寂寞!

夜　晚

为了让你入睡,我的孩子,
晚霞已不再火红;
除了露珠,没有别的东西闪亮,
除了我的面孔,没有别的白色形象。

为了让你入睡,我的孩子,
路上已经阒寂;
除了河水,没有人呜咽,
除了我,什么都没有。

雾霭弥漫在平原。
蓝色的小花都已收敛。
静谧笼罩着世界,
仿佛一只安详的手。

我哼着催眠曲，
哄我的孩子入睡：
随着摇篮的晃悠，
大地也开始入睡。

叫人喜欢

  这孩子真叫人喜欢,
好像和煦的微风一般:
我奶他时他悄悄入睡,
我感觉不到他在呵吸。

  他比溪水还淘气,
比山岗更温柔:
我的孩子来到人间,
比这个世界更姣好。

  我的孩子很富有,
远远超过天空和大地:
他在我怀里享受白鼬皮的温暖,
从我歌声中感到天鹅绒的柔软……

他的身体多么小巧,
仿佛我麦穗上的一颗籽粒;
他比梦想更轻灵;
尽管看不到,始终同我在一起。

忧 虑

我可不希望
我的女儿变成飞燕。
她会在天空翩跹
不再回到我身边；
她在屋檐下筑巢，
我不能替她梳小辫。
我可不希望
我的女儿变成飞燕。

我可不希望
我的女儿成为公主。
她穿上了金色的小鞋子，
怎么能在草场上玩耍追逐？
到了晚上，

她不能睡在我身旁……
我可不希望
我的女儿成为公主。

我更不希望
有朝一日她成了女王。
人们把她拥上宝座,
是我不能去的地方。
到了夜晚,
我不能把她摇晃……
我可不希望
我的女儿成为女王!

露　珠

这是一枝玫瑰，
承接着沉甸甸的露水：
这是我的胸怀，
紧贴着我的婴孩。

玫瑰收拢叶瓣，
把露珠包含，
它抵挡着风，
免得露珠滚落。

凝聚的露珠，
来自无边的天空：
玫瑰屏住呼吸，
唯恐把露珠惊动。

她充满了幸福感，
悄悄地不作一声，
世上任一枝玫瑰
都不及她陶醉。

这是一枝玫瑰，
承接着沉甸甸的露水：
这是我的胸怀，
紧贴着我的婴孩。

发　现

我去田间的路上
碰到了这个小孩：
我发现他的时候，
他正在麦穗中熟睡……

也许不是在田间，
而是在葡萄园，
我要寻找新长的藤蔓，
无意中碰到了他脸蛋……

所以我老是害怕，
在我睡熟的时刻，
他会悄悄地消失，
就像葡萄园里的霜花。

帮　手

我的孩子已经入睡,
连大地都不知道,
大伙帮我使他完美,
芳草给了他头发,
椰枣给了他手指,
白蜡给了他指甲,
蜗牛给了他耳朵,
红莓给了他舌头,
溪流为他带来欢笑,
山峦为他送来忍耐。

(有些事我没有做完,
使我感到惊慌羞愧:
他还不会思考,不会说话,

看上去还没有模样。)

搬东西的人来来往往,
在门口进进出出,
他们带来了天竺鼠的耳朵
和珍珠贝的牙齿。

过了三个圣诞节,
他从头到脚完全不同,
他会长得高大挺拔
犹如山顶的青松。

我便到各个村落
大声叫喊,像个疯婆,
草原和山峦
都会听到我的宣告。

摇 篮

木匠,木匠,
给我的娃娃做个摇篮。
快快锯些木材,
我在迫切地等待。

木匠,木匠,
去到山上砍树,
找棵青嫩的松树,让摇篮
像我怀抱那样柔软。

皮肤黝黑的木匠,
你曾经也是小孩。
你干活时想起了母亲,
摇篮里倾注了你的温情。

木匠,木匠,
我摇我的娃娃入眠,
但愿你的小孩带着笑颜,
今晚睡得香甜。

但愿他别长大

但愿我的孩子
总是这副模样。
但愿他没有吃我的奶,
免得日夜成长。
孩子不是栎树,
也不是木棉。
白杨和青草,
以及别的草木尽可以长高:
但愿我的孩子
永远像蜀葵一般大小。

他什么都不缺少:
欢笑、调皮、懊恼,
还有气派和风度。

再长大就属多余。

假如他长大，
谁都会见到他，
向他使眼色。

蠢女人和壮小伙
来我家串门，
把他捧上天：
但愿我的孩子
别见到那些说长道短的人！

他度过了五个寒暑，
让他永远停在这个岁数。
就这么跳舞嬉戏，
永远无忧无虑。

尽管他身材小小，
足以欢度节日，
无论复活节、圣诞夜，
他都过得快活。

傻女人,
别嚷嚷,
你们要知道:
岩石和太阳
诞生后并不成长,
它们从不成熟,
所以能够永恒。
羊群里的羔羊母羊,
老了就要死亡:
那些女人真可悲!

我的上帝,止住他!
别让他再长大!
止住他,拯救他:
别让我的儿子死亡!

彩 虹

飞桥似的彩虹
青云直上,向你眨眼,
七色缤纷的马车
载着人们的心灵,
越过山岭,
一个个送上蓝天……

原先隐没的彩虹
露出脸向你召唤。
像软索桥一般,
向你伸出手,展开在面前,
你挥动着胳臂,
快活得如鱼得水……

哎,快掉过头别瞧,
因为你会心血来潮,
想攀住彩虹桥——
那不会折断的柳条——
循着绿色、黄色、紫色,
直上九霄……

马利亚和夏娃的孩子,
你吃我们的奶长大;
你在我们门前
玩着马齿苋;
你走进人们的住家
用我的名义要面包。

把你的脸转向彩虹,
让它烟消云散,
假如你上去,我会急得发疯,
我会跟着你走遍世界!

蝴　蝶

有一个山谷名叫穆佐①,
不如称它为婚礼山谷。
孩子,那里有蓝色的大蝴蝶,
翩跹飞舞,漫山遍野。
中午时分,阳光灿烂,
山谷一片湛蓝,
棕榈和冈峦
几乎消失在空间。
我讲给你听的山谷,
会像蓝矢车菊那样掉瓣,
随着蝴蝶的栖息和飞舞,
花瓣一会儿脱落,一会儿又恢复……

---

① 哥伦比亚的穆佐山谷盛产翡翠和蝴蝶,有"色彩奇观"之称。——原注

蓝色是那么深,
姑娘们几乎看不清菠萝和甜橙,
她们眼花缭乱,
望着蝴蝶荡秋千望出了神。
共轭的牲口经过山谷,
惊起一团团蓝色的火焰,
人们在这里邂逅相见,
在蓝色的辉映下顿觉轻捷,
他们狂喜地相互拥抱,
仿佛化作了蝴蝶……

太阳毫不留情,炙烤着一切,
炙烤着土地,却奈何不了蝴蝶。
人们带着网来捕捉,
纱网罩住了流光溢彩,
从扑腾的网里
掏出了斑斓绚丽。

我讲的仿佛是神话,
说得津津有味,乐此不疲,

但是在那叫作哥伦比亚的国家,
确实一再出现这种奇迹。
我说着说着,自己也神思飞扬。
孩子,你的衣裳、
我的气息、裙子都成了蓝色,
除此以外,见不到别的……

家

孩子,饭桌已经摆好,
乳白色的桌布多么安详,
晶莹的瓷器
在四壁映出蓝光。
这是盐,那是油,
仿佛要说话的面包在中央。
金黄的颜色比黄金更美丽,
果子和金雀花都不能相比,
永不使人厌倦的幸福
发出麦穗和烤炉的气味。
孩子,咱们用清洁柔软的手
一起分食面包,
你瞧着会觉得惊讶,
黢黑的泥土竟会长出雪白的花。

动手吃吧,我的孩子,
你妈妈也动手。
小麦的生长
依靠阳光雨露和劳动;
每户人家的桌上
并不都有"上帝脸"①。
如果别的儿童没有面包,
我的孩子,你最好也别碰,
拿在手里感到羞愧,
不如不去吃它。

孩子,愁眉苦脸的饥饿
把儿童赶得团团转,
弯腰屈背的饥饿和面包
互相寻觅却又找不到。
咱们不如把面包留到明朝,
饥饿的儿童来了就能找着;
凯楚阿印第安人从不闭户,

---

① 智利民间称面包为"上帝脸"。——原注

在门口生一堆篝火为人引路,
咱们也让饥饿吃饱,
可以心安理得睡觉。

对星星的诺言

星星睁着小眼睛,
挂在黑丝绒上亮晶晶:
你们从上往下望,
　　看我可纯真?

星星睁着小眼睛,
嵌在宁谧的天空闪闪亮,
你们在高处
　　看我可善良?

星星睁着小眼睛,
睫毛眨个不停,
你们为什么有这么多颜色,
　　有蓝,有红,还有紫?

好奇的小眼睛,
彻夜睁着不睡眠,
玫瑰色的黎明
　　为什么要抹掉你们?

星星的小眼睛,
洒下泪滴或露珠。
你们在上面抖个不停,
　　是不是因为寒冷?

星星的小眼睛,
我向你们保证:
你们瞅着我,
　　我永远、永远纯真。

爱 抚

妈妈,妈妈,你吻我,
我给你的吻更多,
像蜂群一样密集,
使你目不暇接……

蜜蜂飞进百合花蕊,
花不觉得它鼓动翅翼,
你把你儿子搂在怀里,
听不到他的呼吸。

我看着你,看着你,
永远不会厌倦,
我看见你的眼睛里,
映出一个小孩多么美丽……

你的眼睛如水清澈,
照出你望到的一切;
可是你的瞳仁里
除了你的儿子,没有别的。

你给我的小眼睛
我得用它们来看你,
跟着你一刻不离,
无论在山谷、天空、海洋……

伸手拉着我

孩子们的龙达舞①

伸手拉着我,咱们来跳舞,
伸手拉着我,咱们多亲爱。
咱们好比一朵花,
一朵花,没有别的。

咱们唱着同一支歌,
你的步子就不会错,
咱们好比麦穗在摇摆,
一株麦穗,没有别的。

你叫玫瑰,我叫希望,

---

① 龙达舞,小孩手拉手,围成圆圈,跳舞唱歌的游戏。

可是你会把名字忘光,
因为咱们一起,
在小山上跳舞,没有别的。

玉米之歌

一

玉米在风中歌唱,
充满了绿色的希望。
它们在三十天中成长:
喃喃声是一片颂扬。

在愉快的高原上,
玉米地一直伸展到天边,
它们在风中歌唱,
抬起了无数张笑脸。

二

玉米在风中呻吟,
成熟得可以进仓;
它们的须发变得焦黄,
结实的外壳已经开绽。

胀痛的呻吟
充斥了干枯的大氅:
玉米敞开衣襟,
在风中哼哼。

三

一根根玉米穗轴
像是一个个小姑娘:
挂在玉米秆上摇晃,
安稳地过了十周。

头上长着金黄的柔发,
仿佛初生的婴孩。
叶子像母亲那么慈爱,
替她们挡住露水。

穗轴像孩子
躲在玉米皮里,
露出两千颗金黄牙齿,
傻呵呵地直笑……

一根根玉米穗轴
像是一个个小姑娘:
挂在母亲般的玉米秆上,
安安稳稳地摇晃。

玉米在谷仓里休息,
不声不响地睡熟。
她们在梦中瞧见
一片刚诞生的玉米田。

智利的土地

我们在智利的土地上跳舞,
她比利亚和拉结①更美丽;
她哺育的人们
谈吐和蔼,心地善良……

这片土地上的果园郁郁葱葱,
麦田扬起金黄的波浪,
一串串葡萄红得像宝石,
她在脚下多么温柔!

她的泥土培养我们成长,

---

① 利亚和拉结(Lia, Raquel)系姐妹,《圣经》中拉班之女,均嫁给雅各为妻。雅各为了要娶她们,替拉班连续做了十四年工。

她的河流使我们的笑声朗朗,
她吻着跳舞人的双脚,
像母亲般呻唤。

她美丽,正因为美丽,
我们愿她的草原上充满欢舞;
她自由,正因为自由,
我们要让歌声传遍各地。

明天我们要劈山开石,
把这片土地变为果园;
明天我们要兴建城镇,
今天我们且尽情跳舞!

色彩的旋律

疯狂的蓝，疯狂的绿，
亚麻生长吐芳。
绚丽的湛蓝
像是起伏的海浪。

蓝色消退的时候，
绿色跳跃而上：
苜蓿的绿，橄榄的绿，
还有柠檬绿的欢畅。

多么漂亮！
色彩多么奇妙！

柔和的红，鲜艳的红

——玫瑰和石竹竞相怒放。
绿色投降的时候,
红色就昂然登场。

他们相继翩翩起舞,
说不上谁跳得最棒,
红色跳得太炽烈,
仿佛要把自己烧光。

多么疯狂!
色彩多么美妙!

黄色接着来到,
仪表不凡,庄严隆重,
大伙为他开道,
似乎见到阿伽门农①!

千媚百娇,人间天上,

---

① 阿伽门农,希腊神话中的迈锡尼王,因其弟墨涅拉俄斯之妻海伦被特洛伊王子帕里斯劫走,便发动了特洛伊战争,并被选为希腊联军统帅。

仪态万方,圣洁辉煌。
金黄的果实阵阵飘香,
番红花在空中飞扬。

多么令人陶醉!
色彩多么美妙!

他们随着孔雀般的太阳
终于纷纷跑光,
太阳像父母或者小偷,
把他们聚拢带走。

他们原同我们相聚一堂,
现在可不一样,
说书人一经死去,
世上就没有故事可讲!

宁谧的言语

哀乐中年,我悟出这一真理,
它像花朵那么清丽:
生活有麦穗的金黄甜美,
恨是过眼云烟,爱才广阔无垠。

让我们用微笑的诗句
代替混杂血和胆汁的言语。
紫罗兰散发的蜜香
充满了山谷的空气。

如今我懂得人们为什么祈祷;
还懂得人们为什么纵声歌唱。
尽管山路险恶,口渴难熬;
一朵百合花会让你忘却疲劳。

泪水模糊了我们的眼睛,
一条溪流使我们破涕为笑;
云雀清越的啭鸣,
使我们忘却死的苦恼。

如今什么都不能折磨我的肉体。
爱情和激动都已消失。
母亲的目光仍使我宁静。
我感到上帝将给我安息!

流亡的犹太女人

我好似暴风雨中的海燕,
比西风去得更远。
可是我依然打听、前行,
为了赶路,顾不上睡眠!
世界虽大,无处让我容身,
我前面只有海洋一片。

房舍、习俗和灶神
都留在了家乡。
椴树、芦苇荡和哺育我的莱茵
都成了过眼烟云。
我胸襟没有佩带薄荷,
它的芳香曾使我潸然流泪。
我带的只是胸臆的气息、

脉管里的血液和心中的焦急。

一个我,已在背后,
另一个我,面对海洋:
颈后是声声道别,
胸前充满忧愁。

家乡的河流滚滚前去,
不再呼唤我的名字,
我已在村里的土地和空气中消失,
仿佛沙滩上的踪迹。

每多走一程路,
我就多丧失一些财富:
一茬丰收的树脂、
一座塔楼和一片栎树林子。
我的手再没有机会操劳,
不能再酿苹果酒、烤面包,
我的回忆云散烟消,
赤条条地走向海洋!

工人的手

粗糙的手
仿佛软体动物或小兽;
黧黑的颜色
犹如腐殖土或熏烤的蝾螈,
无论劳累地垂下或者有劲地举起,
它们都惊人地美丽。

它们不停地和泥制坯,
凿碎坚硬的岩石,
在纠结的大麻纤维中忙碌,
在雪白的棉花间相形见绌,
除了神奇的大地,
谁对它们都不加注意。

它们像所握的铁锤或尖镐,
从不像主人的心灵;
有时落进疯狂的转轮,
如同被砍断的蜥蜴,
那以后便像海滩上的树木,
失去了顶端的枝丫。

我听到它们操纵织布机;
看到它们在炉窑前受炙烤。
铁砧前震痛了虎口,
脱粒机前抓起一把把麦子。

在矿井,在灰蓝色的采石场,
我都见到过它们。
它们为我摇橹划桨
劈开恶浪,
虽然素昧平生,
为我修造墓穴的也将是它们……

每年夏季
纺织清凉如水的亚麻布匹。

过后又开始梳理
棉花与羊毛,
它们的辛劳
在儿童和英雄们身上歌唱。

黄道十二宫,
星移斗转。
各行各业的手
都已入眠。

即使在睡眠中
它们依旧挖土或榨糖,
耶稣基督的手握住它们
直到第二天黎明!

失眠的女人

夜色正浓,
直立的已经躺下,
劳累的伸直腰腿,
我听到他上楼的脚步。
只有我一人觉察,
别人听不听到,我全不在乎。
何必让另一个女奴
侧耳倾听,长夜不眠?

我思潮起伏,
为了他,我等得好苦——
他犹如疯狂的瀑布,
忽而往下,忽而又逆流回溯,
又像是受热的刺木,

在我门上剥啄。

我没有起身,也不睁开眼睛,
却一直看到他整个身形。
刹那间,我们在黑夜里凝滞不动,
仿佛注定要下地狱,万劫不复。
但我听到他又下了楼,
似乎随着永恒的海潮退走。

他整夜来去往返,
像是给了又收回的荒谬的礼物,
又像是浮上波浪的水母,
隐约可见,逐渐游近,
我躺在床上,用残存的呼吸
给他指引帮助,
免得他寻找摸索,
在黑暗里磕磕碰碰。

木楼梯上沉闷的脚步声
在我耳畔像玻璃一般清脆。
我知道他踩到哪一级,

一问一答,互相呼应。
忠实的木头,犹如我的心灵,
在他脚下发出抱怨呻吟,
我听到了最后的一步,
该来了,可是永远没有来到……

他的身体像一团火,
把我的家炙烤。
他的脸像一块烧红的砖,
贴在我门上,使我感到热。
我体会到前所未有的幸福:
活时受苦,死时毫不糊涂,
在这弥留的时刻,
我的力量同他的一起消失!

我在楼梯镜子上寻觅印迹,
想用嘴唇和面颊
重温逝去的往昔,
这一切都白费气力。
我的灵魂有几小时安宁,
直到漆黑的夜晚降临。

遇见他的流浪汉，
和我谈起了他。
说来难以置信，
他几乎成了另一个人，
他的眼神变了样，
一会儿火辣辣，一会儿又冰凉。

我不愿问遇见的是谁，
只想转告他别再归回，
以免勾起我对他的思念，
好让他和我都能安睡。
让风抹掉那名字，
就像是卷走残叶，
再也不让他见我家门——
红红的篝火，烧得正旺！

我的母亲

一

我的母亲身材纤巧,
犹如薄荷或者小草;
她荏弱的体形
几乎没有投下阴影,
大地喜爱她,
因为她步履轻盈,
还因为她总是微笑,
无论身处顺境或逆境。

孩子们喜欢她,
老人和小草也不例外,
更有那爱美的光线,

老是找她,在她身边盘桓。

由于她的缘故,
我的爱才不好高骛远,
它悄悄地徘徊,
絮语绵绵:
小草那般谦逊,
流水那般质朴。

我身在异国,
思念能对谁诉说?
我把她描绘给早晨,
希望早晨能有她的模样:
我的道路修远漫长,
我要向大地叙说她的情况。

一个声音在远处歌唱,
随风飘到我耳旁,
我奔走寻找,
可是无益徒劳。

为什么把她带到那么远,
高不可攀,远不可及?
既然她对我一向眷恋,
为什么不答应我,不来我身边?

如今谁以她的形象出现,
怎么才能把她找到?
她去得太远、太远,
她清脆的声音也难听见。
我仿佛受到召唤,
赶紧把余下的路程走完。

今夜全是你的踪影,
只向你一人奉献,
虽然你已超越时间,
请你抓住它,别让它流去。
白昼已经消逝,
剩下的只有期待和焦急。

二

很远的地方
有什么彳亍前来；
无声无息，不具形状，
只是不停地来近。
既然这样一直行进，
为什么又迟迟不来临？

彳亍而来的是你，
脚步悄静，谨慎小心。
走着，走着，终于来到，
我最亲爱的人。
你的住处有什么欠缺？
是山山水水，使你难以忘情，
还是懵懵懂懂、
迟钝拖沓的我？

像你歌声一般悠扬的海洋
和广袤的大地并不挽留我；

白白流逝的黎明和黄昏
也没有束缚我的手脚。

万籁俱寂,我独自厮守着
大熊和天秤星座,
我相信夜晚的宁静
会传来你的音讯,
我屏住呼吸,唯恐对它干扰,
我不敢高声,唯恐把它吓跑。

母亲,来了,来到了,
同以往一样,不经呼唤就来了。
当年我们相依为命,
孤苦伶仃,举目无亲,
她看到、听到被遗忘的夜晚,
终于来了。

她跋山涉水,经受了风刀霜剑,
以及海洋的白浪滔天。
出于对你女儿的爱怜,
你不辞艰难险阻,

别再离开了,
除非把我带往你的住处。

三

挨近我,让我看看你的脸,
听你说一句悄悄话。
如果你不带我走,
今夜请多待一些时候。
尽管你不回答我,只要你别走,
我觉得今夜的寂静中
到处是你的面庞、你的语声,
还有银河的欢腾。

就这样……这样……再挨近些。
多待些时候,天还没有破晓。
夜色也不是最黑。
时间逐渐流逝,
我们俩多么相似,
一切又趋于宁静,
缓缓走向归宿。

四

母亲,你说,
难道这就是达到的永恒,
时光的结束,
倏忽即逝的世纪,
在忧患生死之间,
无所希冀。
假如我们不再流连,不再改变,
还能有什么企求?

怎么离去,怎么归来,
为什么又萦绕徘徊?
我不想探问究竟;
我逐渐领悟,犹如醍醐灌顶,
泪流满脸,泣不成声,
耳边响起你的叮咛,
千言万语,涌上心头,
汇成热切的一句:
"谢谢,谢谢!"

黎　明

我敞开心胸，
让宇宙像瀑布般涌入。
新的一天来了，
使我无比激动。
我像回音缭绕的岩洞，
歌唱新的一天来到。

黑夜的蛇发女怪
败下阵去，落荒而逃。
失去的天恩重新得到，
我无功受惠，感到惭愧。

黄　昏

我觉得我的心在温馨中
像蜡一般融熔：
我血管里不是酒，
而是缓缓流动的油，
我觉得我的生命逐渐消失，
像羚羊一般娴静甜蜜。

夜　晚

冈峦淡入暮霭，
牛群难以看清，
太阳回进它的煅炉，
整个世界都已逃逸。

果园逐渐模糊，
田庄失去踪影，
我熟悉的山岭
隐没了它的呼声和峰顶。

万物生灵
匆匆匿迹藏形，
我搂着我的孩子
也漂向梦境。

（以上为王永年译）

相　逢

我与他曾在小径相逢。
流水没有打扰他的梦,
玫瑰也从此不再开放;
我的心灵却被惊恐打动。
一个可怜的女人
能不脸上挂满泪珠!

漫不经心的嘴角
他带着一支轻歌,
看见了我,这支
合调的歌竟变得严肃。
我眼望着小径,发现它
那么奇怪,犹如梦中。
在钻石的曙光里

我的脸上有了多少泪珠!

他唱着歌继续走,
带走了我的目光……
在他的身后不再有
蔚蓝的天,高昂的草。
无关紧要!我的心灵
留在空间战栗。
尽管谁也没有伤害我,
我的脸上却流下了泪珠!

今夜他不曾守在
灯边不眠,如同我;
既然他无动于衷,我的渴望
也难刺痛他玉簪花的胸;
但是在他的梦里,也许有
一阵金雀花的香气飘过,
因为一个可怜的女人
脸上总会挂有泪珠!

我孤独地走着,没有惧怕,

我饿,我渴,我却不哭泣;
自从我看见他走过,我的
上帝就给我披了一身创伤
我的母亲在床上为我祈祷,
相信她的求告的力量。
但是我,我也许永远
永远脸上挂满泪珠!

    (此诗为王央乐译)

羞 怯

如果你看着我,我就变得美丽
仿佛小草披上降下的露珠,
河水退去时,高高的芦苇
不再认得我焕发荣光的颜面。

我羞怯,为了我凄凉的嘴巴,
粗哑的嗓音,笨拙的膝头:
如今你看着我,走近我,
我感到我可怜,在赤裸地摸索。

你在路上逢到哪块石头
都比不上这个你捡起来的女人
在拂晓的微光下更加赤裸,
因为你看见了她,听见了她的歌。

我要缄默,为的是不让
原野上经过我的人知道我幸福,
缄默于照上我粗糙额头的光辉
缄默于我手上所有的战栗……

夜来了,露珠落上小草;
久久地看着我吧,温存地说话,
但愿明天河水退下时,你所
吻着的她,已经满被美丽!

失 眠

昨天的乞丐,今天成了女王,
怕你抛弃我,终日心慌意乱,
脸色惨白,我时时在问你:
"还和我一起吗?别丢开我!"

知道你来到这里,
我本想微笑,让梦延续下去,
可梦依然惊散,
还在问:"你真的不再走了吗?"

民　谣

他和别的姑娘在一起,
我亲眼见到他们走过。
风依然温柔,
路依然寂静。
可我这双可怜的眼睛呵,
看见他们走过!

他爱上了别的姑娘,
那里盛开着花朵。
他们唱着歌儿,
花刺却为我开放。
他爱上了别的姑娘,
那里盛开着花朵。

在海边
他吻了别的姑娘；
波涛上
跌下枯黄色的月亮。
我自己的血不能
流在这浩瀚的海上。

他和别的女人走了，
再也不会回来。
天空风和日丽
（上帝默默无言）
他和别的女人走了，
再也不会回来。

(以上为吴雪译)

小工人

妈妈,如果我长大成人,
嘿,你瞧我会是个壮汉。
我双臂会将你举起,
好似风儿吹刮麦田。

你曾为我缝制襁褓,
我要为你筑起住房。
要是我来铸造钢梁,
保证会固若金汤。

你的孩子,你的提坦①
为你造的房屋多么漂亮,

---

① 提坦,希腊神话中力大无比的巨神。

屋檐遮下的阴凉
也会使你神怡心旷。

我要为你浇灌一片果园,
果儿香气扑脸。
把它们挂满你的裙子;
花一般柔丽,蜜一般香甜。

也许最好是为你织一面壁毯,
编出百花的图案,
或者是凿那么一对磨盘
边为你唱歌,边为你磨面。

啊,你的小伙子多么快乐,
无论在炼铁炉边、守着风磨,
在海上,还是干着杂活
都在引吭高歌。

我这双手
将打开窗子一扇又一扇;
收获的庄稼一捆又一捆,

让你数也数不完……

你曾用红色粉笔
教我懂得开创,
并且在你的歌子里
给予我整个的山谷和海洋……

啊!你的孩子会干得那么漂亮,
将把你放在
麦浪之间,
稻谷垛上……

三棵树

三棵伐倒的树
弃在小路的边缘。
伐木人把它们遗忘
它们亲密地挤在一起交谈,犹如三条盲汉。

落日的余晖
为劈开的树干涂上一层鲜血,
只有风儿
带着它们伤口的芳香飘散!

歪歪扭扭的那一棵
把巨大的臂膀和抖动的枝叶
伸向同伴
两个伤口像一双眼睛,表达着哀怨。

伐木者把它们遗忘,夜即将来到,
我愿与它们厮守在一起
用心房接受柔软的树脂,
那树脂将会像火一般将我燃烧,
而天明时我们将无声无息
被一片离别的痛苦所笼罩。

(以上为陈孟译)

散文诗选

美

一支歌是事物在我们身上造成的爱的创伤。

粗俗的人啊,使你激动的只是女人的肚子,女人的肉体。我们也激动,世上一切美的事物都使我们深深激动,繁星点点的夜晚在我们心中激起的爱,像肉体之爱一般强烈。

一支歌是我们给世上美的事物的答复。我们答复时,正如你面对裸露的乳房一样,激动得无法自持。

我们用血回答美的爱抚,响应它的无数召唤,这时候,我们比你更痛苦。

歌　唱

一个女人在山谷中歌唱。暮色苍茫,模糊了她的身影;但她的歌声仍在田野上空回荡。

她的心已经碎裂,有如今天下午她在小河卵石上磕破的杯子。但她还在歌唱;缕缕不绝的歌声被隐秘的伤口磨得凄厉。悠扬的声调带着鲜血。

由于每日的死亡,其他的声音已在田野上消失,迟归的鸟雀的鸣啭不久前也已停息。她的永恒的心,充满痛苦的生动热切的心,在她的声音中汇集了其他的声音。

她为谁歌唱,为了黄昏时默默无语凝视着她的丈夫,还是为了将孩子安抚?或者是为了自己,她的心比傍晚孤单的孩子更无寄托?

夜晚来临,由于歌声相迎,变得深沉;星星含着人的温情陆续睁开眼睛;星光灿烂的天空能解人意,懂得人间的酸辛。

水一般清澈晶莹的歌声涤荡了平原,把人们互相憎恨的日子洗净。那女人仍在高唱,辉煌的白天从她喉中升起,直上星空。

四瓣的花朵

我的灵魂一度是果实累累的大树。那时候,人们看了红彤彤的果实就有丰饶的感觉;听到千百只鸟在我的枝叶下歌唱就心醉神迷。

后来它成了一株灌木,枝条稀疏弯曲,但仍能分泌出芬芳的脂液。

如今只是一朵小花,一朵四瓣的小花。一片花瓣叫美,另一片叫爱,它们相距不远,第三片叫痛苦,最后一片叫慈悲。它们先后舒展,再没有别的花瓣。

每片花瓣底端都有一滴血,因为对我来说,美是痛苦,我的爱全是折磨,我的慈悲来自创伤。

早在我是大树时,你就知道我,可是你这么晚,到了黄昏才来找我,也许没有认出我就打我身边走过。我在泥土里悄悄地瞅着你,从你脸色就能看出一朵泪珠般简单的小花会不会使你满足。如果我从你的眼神里看到了奢望，我就不阻拦你，让你朝如今是大树的别人走去。

因为今天我只能同意那样一个人和我在尘土里待在一起，他应该谦卑，满足于微弱的光辉，别无他想，把面颊永远贴在我的泥土上，嘴唇碰着我，把整个世界忘却！

丑

你没有解开丑之谜。你不知道造物主为什么允许蛇在田野上生存。他允许蛇生存,让它在苔藓中穿行。

丑的生物在哭泣;我听到它的呻吟。瞧它烦恼的模样。你要爱痛苦的蜣螂,因为它们不像玫瑰那样带着幸福的表情。要爱它们,因为它们漂亮的愿望没有实现,完美的理想已经幻灭。它们同你的某些日子一样,尽管你倍加小心,那些日子却白白荒废,毫无意义。你要爱它们,因为它们同上帝无缘。

你要怜悯它们追求美的巨大热情。大肚子的蜘蛛纺织轻灵的蛛网,自有它美妙的梦想,蜣螂黑色的背上留着露珠,也想沾光。

绷　带

世上一切美的事物都是包扎你伤口的绷带。上帝把它在你面前摊开,为你展现春天的原野,有如一幅色彩绚丽的画布。

那是大地的美景,喁喁的情话,白色的小花和五彩的卵石。一切美的事物都是上帝的恩惠。

一手向你伸出刺的人,另一手给了你微笑的缘由。别说这是残酷的游戏。你不知道(在上帝的化学变化中)泪水为什么有它的必要。

你要把天空也看作绷带。一幅宽阔的绷带,低垂下来,把你心头的创伤安抚。

伤害你的人已经走开,但是一路上给你留下了做绷带的丝缕……

每天早晨,你打开阳台门,山峦间升起的黎明仿佛一条奇妙的绷带,预备安抚你一天的痛苦……

致播种者

　　播种时,别瞧种子落下的地方;你若看人脸色行事,就会无所适从。你眼睁睁地盼望回答,人们认为你讨夸奖,尽管对你赞许,出于矜持,他们也不会理睬。你作了允诺,就心平气和,别再顾盼。他们见你走远,就会捡起你的种子:也许还会吻它,把它贴在胸前。

　　别把你的形象强加上你的主张。那会使你失掉自私者的好感,自私自利的人充斥世界。

　　同弟兄们说话,要在傍晚昏暗的时刻,让你的面孔变得模糊,掩饰你的声音,与别人混淆不清。让别人把你忘却,把你忘却……要像果实累累成熟脱落的树枝,别留下任何痕迹。

　　即使最讲究实际、自称对理想最不感兴趣的人,也了解理想的无比价值,他们不愿推崇充满理想的人。

　　父亲无意中发现仇人在吻他的儿子,便原谅了仇人,你要学那个父亲的榜样。在你美妙的和解的想象中,让他吻吧。悄悄地瞧着他,面带微笑……

你要满足于胸襟坦荡的庄严的欢乐;你要满足于美妙无比的纯洁的冥想回味。那是上帝与你灵魂共享的神秘。难道那压倒一切的证明还不能使你满意?他早已了解、看到,永远不会忘记。

上帝默不作声,因为他谨慎腼腆。他把众生和万物的美悄悄地在河谷山峦撒遍,比小草生长的声息还要轻微。热爱万物的人观看玩味,把脸凑近它们,心荡神移。他却没有替这一切起过名字!他始终不声不响,只是微笑……

上帝的竖琴

他管大卫①叫"第一乐师",他同大卫一样,也有一架竖琴:琴弦是人们的心弦。热情的弹奏者手不停挥,琴声不断。

从早到晚,上帝给人们送来旋律。

耽于声色的人心弦发出靡靡之音;正直的人心弦有金石声;痛苦的人心弦像海面的风声,从啜泣到呼号,千变万化。弹奏者的手没有它那么快。

该隐的灵魂歌唱时,天空像杯子似的碎裂;波阿斯②歌唱时,声音的甜美使人联想到高高的禾堆;约伯歌唱时,天上的星星也为之动容。约伯倾听他痛苦的河流变成幸福……

---

① 大卫,《圣经·旧约》中的人物。大卫曾侍候扫罗王,为他弹琴。
② 波阿斯,《圣经·旧约》中的人物。波阿斯同情寡妇路得,并帮助她在他的田里拾取麦穗,后娶路得为妻。

乐师听他创造的灵魂的歌声,时而沮丧,时而兴奋。

竖琴从不停息;弹奏者和倾听的天空毫无倦意。

流汗耕作的人有时否认上帝,却不知道上帝在拨动他的心弦;分娩的妇女也不知道那时刻她的心弦在淌血。只有虔诚的人了解,他听着琴声,抚摸着伤口,永远在天堂歌唱。

幸　福

你没有丧失任何东西！绿色的大地搂着你，像宽阔的胳臂，天空笼罩着你的额头。此时此地，你觉得应该有个行人。路边有棵树，一棵颀长婆娑的山杨。你把它看作行人的身影。他停下来歇息；正瞅着你。

你没有丧失任何东西！一片浮云拂过你的脸庞，盘绕、温柔、生动。你闭上眼睛。云轻轻搂着你脖子，并不打扰。现在一颗泪珠滚下你面颊。那是一个宁静的吻。

你没有丧失任何东西！

艺术家十诫

一、要爱美,因为它是上帝投在宇宙间的影子。

二、没有无神的艺术。你可以不爱创世主,但你按照他的形象创作时,就对他作了肯定。

三、不能以美作为感官的诱饵,而应作为灵魂的天然营养。

四、不能以美作为纵欲或虚荣的借口,而应作为圣洁的仪式。

五、不能到集市上去寻求美,也不能把你的作品拿到那里去,因为美是童贞女,在集市上交易的不是她。

六、美从你的心灵上升,成为你的歌声,从而首先将你净化。

七、你的美也称作慈悲,它能安慰人们的心灵。

八、要把你的作品看作亲生子女,长年倾注心血。

九、对你来说,美不应是麻醉的鸦片,而应是鼓励你行动的美酒,假如你不是一个真正的人,也就不是艺术家。

十、你完成每一件创作后,应当感到遗憾,因为它总是比你理想的逊色。

孩子们的头发

柔软的头发,世上最柔软的东西也不能同它相比,有它在膝头,我还稀罕什么丝绸?我只要抚摩它几小时,整天都会过得美妙,粗茶淡饭也会变得香甜。

让它贴着我的面颊,像花朵一般偎依在我怀里;让我把它梳成小辫,把心头的痛苦排遣;为即将逝去的白天增添光线。

等我同上帝在一起的时候,不必用天使的翅翼抚慰我心上的创伤;只要把我所爱的孩子们的头发披在蓝天,让它们随风吹拂我的面庞,永远永远。

陶土水罐

陶土水罐,颜色像我面颊那般黑红,解渴多么方便!

山谷里的涌泉比你甘洌;但是离得远,我今晚不能去泉边。

每天早晨,我把你缓缓灌满。泉水欢唱着流入;等它停息时,我吻你颤动的嘴,感谢你的恩惠。

你优美健壮,像农妇的乳房。当我吸不到妈妈的奶时,你哺育了我。

你可看到我干燥的嘴唇?我的嘴唇渴望着上帝、美和爱。三者都不如你那样朴实温顺,都使我的嘴唇一直干得发白。

你可感到我的深情?

夏天我把你搁在湿沙上,让你清凉。有一次,我用湿泥把你的一条裂缝糊上。

我干许多事情都拙手笨脚,但一直想做温柔的主人,物品轻拿轻放,把它们当成有感觉的生命。

明天我要去田野,割些芳草,浸泡在你水里。

我希望所有的穷苦人跟我一样,在这午睡的时光,有个陶土水罐,能解除他们痛苦的干渴!

泥土的主题

圣洁的尘土

我有眼睛,我能看见:我的眼睛在死亡所毁灭的你的眼睛中间,我带着阅尽沧桑的眼睛望着你。我并不像你所说的那样是瞎子。

我有爱情;我并没有死。灰飞烟灭的人们像无数炭烬撒在我身上,我有他们的爱和激情。他们唇边的渴望使我呻吟。

母亲的尘土

你为什么仰望繁星点点的夜空将我找寻?我在这儿呐,用手捧起我吧……把我藏好,带在你身边。我不愿牛羊践踏我,不愿蜥蜴爬上我膝头。用手捧起我,带在你身边。以前我曾这样带过你。你为什么不带我呢?

用一只手去摘花朵、搂姑娘,用另一只手把你母亲紧贴在胸口。

把我聚拢,捏成一个圆肚的酒杯,用来养今春的玫瑰。我曾是酒杯,养过一束玫瑰:当初我就这样孕育你。我熟悉酒杯高尚的曲线,因为我曾是你母亲的肚子。为了要看你,我化为细尘,从墓里扬腾,密集在你的田地,我的种地的儿子!你为什么把我踩碎,头也不回?今天清晨,你穿过田地,那只唱着歌飞起的云雀,就是我心中绝望的冲动。

致孩子们

许多年后,等我变成一堆无声无息的尘土的时候,请同我一起,同我骸骨的泥土玩耍。假如泥瓦匠把我收去,拿我做成砖头,我就永远给砌进墙壁,而我厌恶寂静的壁龛。假如我给做成监狱的墙砖,听到被囚禁的人的啜泣,我会羞愧得面红耳赤。假如我是盖学校的砖头,清晨不能同你们一起歌唱,我也会悲伤。

我喜欢成为你们在乡间小路上游戏的泥土。紧压我吧,我属于你们;捣碎我吧,因为我给了你们生命;践踏我吧,因为我没有给你们全部的美和真。或者干脆唱着歌在我身上奔跑,让我有机会吻你们可爱的脚……

你们把我捏在手中时,请念一句美丽的诗,我在你们手指间会快活得噼啪发响。我会抬头望你们,在你们中间寻觅我教导过的孩子的眼睛和头发。

你们把我捏成任何形状,马上就把我弄碎,因为对孩子们的疼爱时刻在把我的心揉碎!

限　制

"杯子由于身为杯子而痛苦,"陶工说,"它们自怨自艾,因为一辈子只盛千百滴泪水,几乎从没有机会接纳强烈的啜泣。它们在命运的手中颤抖,但不相信由于自己是杯子而竟会这么犹豫。杯子眺望大海(海是硕大无比的陶罐),也会悲从中来。它们恨自己狭窄的杯壁,细小的杯底,难得离开尘土,接受些许阳光。"

人们在爱的时刻拥抱,从不只伸一手,总是像陶罐那样张开双臂!

杯子沉思冥想地端详所有事物,由于自己在阴影中变得庞大,看不到事物的短暂。

上帝赋予杯子形状,杯壁仍旧带有一丝香气,它们时常询问,在哪一个芬芳的花园中将它们捏成。

干　渴

"一切杯子都感到干渴,"陶工接着对我说,"那些杯子同我的一样,也是黏土制成。人们让它们大张着口,承接天上的露水,让它们所盛的美酒赶快干涸。"

即使斟满的时候,杯子也不觉得幸福,因为所有的杯子都憎恨它们杯中的液体。葡萄酒杯讨厌葡萄压榨机刺鼻的气味!芳香油杯厌恶油的稠厚,羡慕盛清水的杯子。

盛血的杯子日子真不好过,因为它们内壁凝结血块,不能到溪流里去洗清。

为了描绘人们的焦虑,只要画他们干渴的嘴唇翕动的脸庞,或者只画一个杯子,它也是一张干渴的嘴。

母亲的诗

被 吻

我被吻之后成了另一个人:由于同我脉搏合拍的脉搏,以及从我气息里察觉的气息,我成了另一个人。如今我的腹部像我的心一般崇高……

我甚至发现我的呼吸中有一丝花香:这都是因为那个像草叶上的露珠一样轻柔地躺在我身体里的小东西的缘故!

智 慧

我现在明白,二十年来我为什么沐浴阳光,在田野上采摘花卉。在那些旖旎的日子里,我常常自问:和煦阳光,如茵芳草,大自然这些美妙的恩赐有什么意义?

像照射一串发青的葡萄那样,阳光照射着我,让我奉献出甜美。我身体深处的小东西正靠我的血管在点滴酝酿,他就是我的美酒。

我为他祈祷,让上帝的名字贯穿我全身的泥土,他也将由这泥土组成。当我激动地读一首诗时,美的感受把我燃烧得炽热。这也是为了他,因为我希望他从我身上得到永不熄灭的热情。

甜　蜜

我怀着的孩子在熟睡,我脚步静悄悄。我怀了这个神秘的东西以来,整个心情是虔诚的。

我的声音轻柔,仿佛加上了爱的消声器,因为我怕惊醒他。

如今我的眼光在人们的脸上寻找内心的痛苦,以便别人看到并了解我脸色苍白的原因。

我小心翼翼地拨动鹌鹑安巢的草丛。我轻手轻脚地走在田野上。我相信树木也有熟睡的孩子,所以低着头守护着它们。

姐 妹

今天我看见一个女人在干活。她的腰像我的一样因爱情而充实,她弯着身子在地里劳动。

我抚摸她的背,带她一起回家。她将从我的杯子里喝稠厚的奶浆,分享我回廊下的凉爽,她也因爱情而孕育。如果我的乳汁不够慷慨,我的孩子可以把嘴唇凑上她丰满的乳房。

祈 求

但是不会的!上帝既然让我腰围宽大,怎么会使我的乳房枯竭?我觉得胸脯在增长,像大池塘里的水无声无息地涌冒。它丰满的轮廓在我腹部投下了影子,仿佛向它做出许诺。

如果我的乳房不能湿润,山谷里还有谁比我更贫困?

妇女们晚上把杯子放在户外承接露水,我把胸脯袒露在上帝面前;我给上帝起了一个新的名字:我管他叫充实者,我祈求他赐给生命的琼浆。我的饥渴的孩子会来寻求。

敏　感

我不再在草地上游戏,我怕同姑娘们玩秋千。我仿佛是树上挂果的枝条。

我身体软弱,今天中午在花园里,玫瑰的香气都使我感到晕眩。随风飘来的歌唱,残阳抹在天际的红霞,都使我不安,使我痛苦。今晚我主人如果冷冷地看我一眼,也会使我伤心透顶。

永恒的痛苦

如果他在我身体里受罪,我会苍白失色;我为他隐秘的压迫感到痛苦,我看不到的人稍一活动也许要我的命。

可是你们别以为我只在怀着他的时候,才跟他有千丝万缕的联系。当他下地自由行走的时候,即使离我很远,抽打在他身上的风会撕裂我的皮肉,他的呼号会通过我的嗓子喊出。我的哭泣和我的微笑都以你的脸色为转移,我的孩子。

大地的形象

以前我没有见过大地真正的形象。大地的模样像是一个怀里抱着孩子的女人(生物偎依在她宽阔的怀抱)。

我逐渐明白了事物的母性。俯视着我的山岭也是母亲,黄昏时分,薄雾像孩子似的在她肩头和膝前玩耍。

现在我想起了溪谷。溪底的流水被荆棘遮住,还看不见,只听得它潺潺歌唱。我也像溪谷;我觉得细流在我深处歌唱,被我身体的荆棘遮住,还没有见到光亮。

玫瑰树根

地下同地上一样,有生命,有一群懂得爱和憎的生物。

那里有黝黑的蠕虫,黑色绳索似的植物根,颤动的亚麻纤维似的地下水的细流。

据说还有别的:身材比晚香玉高不了多少的土地神,满脸胡子,乐天知命。

有一天,细流遇到玫瑰树根,说了下面的一番话:

"树根邻居,像你这么丑的,我从来没有见过呢。谁见了都会说,准是一头猴子把它的长尾巴插在地里,扔下不管径自走了。看来你想模仿蚯蚓,但是没有学会它优美蜿蜒的动作,只学会了喝我的蓝色汁液。我一碰上你,就被你喝掉一半。丑八怪,你说,你这是干什么?"

卑贱的树根说:

"不错,细流兄弟,在你眼里,我当然没有模样。长期和泥土接触,使我浑身灰褐;过度劳累,使我变了形,正如工人变了形的胳臂一样。我也是工人,我替我身体见到阳光的延伸部分干活。我从你那里汲取了汁液,就是输送给她的,让她新鲜娇艳;你离开以后,我就到远处去寻觅维持生命的汁液。细流兄弟,总有一天,你会到太阳照耀的地方。那时候,你去看看我在日光下的部分是多么美丽。"

细流并不相信,但是出于谨慎,没有作声,暗忖道,等着瞧吧。

当他颤动的身躯逐渐长大,到了亮光下面时,他干的第一件事就是去寻找树根所说的延伸部分。

天啊,他看到了什么呀!

到处是一派明媚的春光,树根扎下去的地方,一株玫瑰把土地装点得分外美丽。

沉甸甸的花朵挂在枝条上,在空气中散发着甜香和一种幽秘的魅力。

成渠的流水沉思地流过鲜花盛开的草地:

"天哪!天哪!想不到丑陋的树根竟然延伸出美丽!……"

池　塘

　　那是一个小池塘,里面的水会腐臭了。附近一株树掉下的叶子、鸟巢里飘落的羽毛,一接触池水就给玷污了,甚至池底的蠕虫也比别地方的长得黑。池塘边上连一丝翠绿的颜色都难看到。

　　一株树和几块大石头把池塘团团围住,阳光从来照不到她,她有生以来也没有见过太阳的模样。

　　可是有一天,由于附近在盖一家工厂,工人们寻找石料,到这里来搬大石头。

　　那是傍晚时候的事。第二天,第一缕阳光照到树冠,射向池塘。

　　阳光金色的手指伸进池塘,黑得像柏油似的一潭死水突然豁亮了:红玫瑰,紫罗兰,各色俱全,简直像是一块带有火样反射的宝石!

　　光明的箭穿透她胸膛时,她先感到惊异,如醉如痴;

接着发现自己旧貌变了新颜,心头涌起一阵前所未有的欢愉;然后……她沉浸在狂喜之中,为那降临到她身上的神奇的变化默默敬慕。

池底的蠕虫最初由于住所的剧变而骚动;随后安静下来,怡然自得地观望头顶上那片金色的镜面。

上午、中午、下午就这么过去了。附近的那株树、树上的鸟巢、巢里的鸟,都感觉到它们身边发生的拯救行动的翻天覆地的变化。池塘容光焕发对它们来说是见所未见的稀罕事。

太阳下山时,它们见到一件更稀罕的事。一整天的温暖和爱抚,不知不觉把一池浊水全吸干了。随着最后一缕阳光的消失,最后一滴水珠也蒸发升腾了。剩下一个光秃秃的淤泥坑,仿佛一只大眼睛的空眼眶。

树和鸟看见天上有一朵轻柔纯洁的白云飘过,它们怎么也没有想到空中那块绚丽的云曾是它们的伙伴,那片污泥浊水的池塘。

* * *

至于其他类似的池塘,有没有仿佛出自天意、凑巧来到的工人替它们把大石头搬掉呢?

回忆远方的母亲

妈妈:我的眼睛、嘴和手在你身体深处悄悄形成。你用丰饶的血液把我灌溉,正如流水灌溉隐藏地底的风信子块根。我的感官来自你,我借了你的血肉才能来到这个世界。我躯体秉承的、我心头蕴积的世间一切美好的东西,都应赞美你。

* * *

妈妈:我在你膝上成长,像挂在茂密枝叶下的果实。你的膝上仍旧留着我身体的形状;另一个孩子并没有使它消失。你把我抱在怀里晃悠,成了习惯,当我下地奔跑时,你待在家里的走廊上,仿佛由于失去了我的重量而怅惘。

天下第一乐师弹奏过上百种旋律,但是,妈妈,没有哪一种比你摇晃的旋律更温柔,随着你胳臂和膝头的来回晃悠,我心灵中恬静的事物逐渐凝聚。

你一面摇晃,一面对我哼唱,唱的歌词只是一些淘气的字句,用来表达你对我的亲昵。

你在那些歌谣里向我举出世上事物的名字:山冈、果子、村落,以及田野里的小动物,让你的女儿在世上有个住所,你还把家庭成员介绍给她,让她在这个奇异的家庭中生活。

* * *

这样,我逐渐熟悉你的严峻而又温柔的世界:我所知道的生物的名称都从你那儿听来。学校里的老师只引用了你给它们起的美丽的名称。

妈妈,你让我逐渐接近那些可以撷取的无害的东西:园里的一株薄荷草、一颗彩色的石子;我从它们那里感到了造物的友好情谊。你有时替我买玩具,有时亲自替我制作:像我一样的大眼睛娃娃,玩不了多久就损坏的小房子……但是你准记得,我不喜欢那些死的玩具,对我来说,最美的是你的身体。

* * *

我抚摩你那涓涓流水般从我指缝滑脱的头发,我摸你的圆下巴,我玩你的手指,把它们盘起来又解开,解开又盘起。你俯视的面庞在你女儿眼里就是整个美妙的世界。我好奇地瞅着你眨得飞快的眼睛和绿眼珠里光线的闪烁;妈妈,你伤心的时候,脸上的神色多么古怪!

是啊,你的容貌是我的全部世界;你的面颊像蜂蜜色的山峦起伏;苦恼刻下的垄沟伸向嘴角,还有两个秀丽的小山谷。我瞅着你的头,看到了事物的形象:你的睫毛像是颤动的小草,你的脖子像是植物的茎秆,你低头凑近我时,脖子上起了亲切的皱纹。

等我能拉着你手行走时,我紧挨着你,仿佛你裙边的活皱褶,出去观察我们的世界。

* * *

做父亲的总是过于急切,希望拉着我们早早走路或者爬山。

我们跟你更亲近,妈妈;我们厮守在你身边,仿佛杏核里的果仁。我们爱的并不是那个星光清澈寒冷的天空,而是有你们眼睛的另一个天空,你们的眼睛这么近,哭泣时可以吻到。

爸爸为了生活奔波操劳,我们不知道他白天在忙什么。我们只见到他傍晚回家,常常捎一包水果,往桌上一搁,见到他把替家里添置的麻布和替我们做衣服的法兰绒交给你。但是削水果给孩子吃,烦热的午后替孩子挤水果汁的是你,妈妈。剪裁法兰绒和麻布,做成可爱的小衣服给孩子御寒的也是你,可怜的妈妈,好心的妈妈。

孩子会走路了,还会像拼凑彩色玻璃片那样把单字拼凑在一起。这时候,你就教孩子做短短的祷告,我们直到生命的最后时刻都还记得。祷词像一簇百合花那么简洁。我们用它来祈求在世上过宁静明洁生活所需的一切:祈求每天的面包,宣告四海之内都是我们的兄弟,赞美上帝有力的意志。

因此,把绚丽多彩的世界像一块麻布展开在我们面前的那位女人,同时也让我们认识了冥冥中的上帝。

* * *

妈妈,我小时性情忧郁孤僻,就像是白天爱找阴凉的蟋蟀或者独自晒太阳的绿蜥蜴。你老是为了你女儿不像别的女孩那样玩耍而担心,她常在后院同盘根错节的葡萄藤,或者一棵痴心男孩似的秀美的杏树喁喁聊天,你见到她时总说她怕是生病发烧。

如今,她也是这样同你聊天,你却没有回答;假如你见到她,你准会用手摸她额头,跟以往一样:"女儿,你发烧了。"

* * *

妈妈,后来的人教我们的东西都是你早已教过的,你用寥寥数语就能讲清的事情,他们却用了许多语句,使我们听了心烦,兴趣索然。你的小女孩安安逸逸偎依在你怀里时,学习更愉快轻松。你给教导添加了金黄色蜂蜡般的亲切;你没有非讲不可的义务,只是需要向你的小女儿把深情倾注,因此你从容不迫,娓娓动人。你从不要求你女儿规规矩矩坐在硬板凳上静听。她一面听你说话,一面玩弄你罩衫的花边或者袖口的螺钿纽扣。妈妈,这是我所知道的最惬意的学习。

＊　＊　＊

之后,我长成大姑娘,再之后,我成了妇人。我彳亍独行,不在你身边,我觉得这种自由并不美好。我见到我投在地上的影子凄凉难看,因为你那瘦削的影子不在旁边。我说话时也没有你的帮助。我却希望像以前一样,每说一句话都有你帮腔,以至我说的话仿佛是两人合编的花环。

现在我闭着眼睛同你说话,忘掉自己身在异乡,忘掉我们天各一方;我紧闭眼睛,不让自己看到一片辽阔的海洋把你的怀抱同我的面庞分开。我同你说话时,仿佛在触摸你的衣服;我的双手微微合抱,觉得仿佛是握着你的手。

我刚才对你说过:我借你的血肉生存,我说话时用你给我的嘴唇,我观看异乡土地时是用你的眼睛。你也用那对眼睛观看热带的果实:硕大芬芳的菠萝和阳光璀璨的柑橘。你通过我的眼睛看到这里的重岭叠嶂,它们同你抚养我成长的家乡的秃山多么不一样!你通过我的耳朵听到这里的人们的谈话,他们的口音比我们柔和,你会了解他们,喜欢他们;当我思乡心切,觉得烫伤一般灼痛时,当我瞪着眼睛,对墨西哥的山山水水视而不见时,你通过我感到痛楚。

* * *

由于今天和每天我能克制自己,不像干渴求水那样希望汲取故土的美景,由于我内心深处能容纳许多痛苦,我才没有悲痛欲绝。

为了让我相信我听到了你的声音,我闭上眼睛,设想早晨已经过去,因为这时候你那里已是下午。我还想同你絮絮细谈,但是难以出声,我只好默默无语……

附 录

一九四五年诺贝尔文学奖
获得者

加夫列拉·米斯特拉尔

她那富于强烈感情的抒情诗歌,使她的名字成为整个拉丁美洲的理想的象征。

——授奖词

颁奖仪式上的授奖词

法国普罗旺斯方言一度遭到上层社会的蔑视,但是由于诗歌的力量,一位母亲的热泪使它焕发光彩,让人们重新发现了它的优美。据说,当米斯特拉尔(弗雷德里克·米斯特拉尔①,以地中海北岸风名作为姓氏的两位诗人中间的前一位)青年求学期间开始用普罗旺斯方言写诗时,他的母亲激动不已,泪如雨下。这位朗格多克的农村妇女没有文化,并不十分领会这种卓越的语言。后来,米斯特拉尔又写了《弥洛依》,叙述一个美丽的农村少女和一个穷苦的手工艺人的爱情故事,这部史诗散发着鸟语花香的土地的芬芳,然而以残酷的死亡为结束。行吟诗人的古老的口语方言又成为诗歌创作的文学语言。一九〇四年颁发的诺贝尔奖奖金引起全世界对这一情况的

---

① 指法国的诗人米斯特拉尔。

注意。十年后,创作《弥洛依》的诗人溘然去世。

那一年,也就是第一次世界大战爆发的一九一四年,一位新的米斯特拉尔在世界的另一端崭露头角。在智利圣地亚哥举行的花节赛诗会上,加夫列拉·米斯特拉尔以几首悼亡的十四行诗赢得了大奖。

她的事迹在南美洲脍炙人口,家喻户晓,从一个国家到另一个国家,几乎染上了传奇色彩。如今她越过逶迤的安第斯山脉,远涉浩瀚的大西洋,终于来到我们这里,我们不妨重温一下她的经历。

五十多年前,一位名叫卢西拉·戈多伊·阿尔卡亚加的未来的女教师出生在埃尔吉斯山谷的一个小村庄。她的父亲姓戈多伊,母亲姓阿尔卡亚加,都是巴斯克人。父亲当过教师,颇有诗才,出口成章。他的才华似乎也夹杂着诗人常有的苦闷和不稳定性格。他曾为女儿布置了一个小花园,但她很小时,父亲却抛弃了家庭。她美丽的母亲(后来活到高寿)回忆说,时常发现孤独的小女儿在花园里同花儿鸟儿娓娓交谈。还有人说她曾被责令退学。学校大概认为她太笨,不值得在她身上浪费时间。但她用自己的方法学习,获得丰富的知识,当上坎特拉小村庄一所学校的教师。二十岁那年,她生活中发生了一件大事:她同一个铁路职员有了热烈的爱情。

有关他们的恋爱经过,我们了解不多。只知道他背弃了她。一九〇九年十一月的一天,他朝自己头上开了一枪,伤重身死。年轻的姑娘无限悲伤。像《圣经》里的约伯一样,她倾吐怨愤,质问上苍怎么能允许这类事情发生。智利偏僻荒凉的山谷里升起一个声音,响遍四方。日常生活中一件平凡的悲剧失去了它的个人特征,进入了世界文学的殿堂。卢西拉·戈多伊·阿尔卡亚加成了加夫列拉·米斯特拉尔。一位小小的外省教师,莫尔巴卡的塞尔玛·拉格洛夫①的年轻的同行,成了拉丁美洲的精神女皇。

那些悼念死者的篇章给新诗人带来了声誉,加夫列拉·米斯特拉尔的忧郁而充满激情的诗歌开始传遍整个南美洲。但直到一九二二年,她的第一部篇幅较大的诗集《绝望》才在纽约刊行。集中第十五首诗泪迹斑斑,那是母亲为死者的儿子,从未出生的儿子,撒下的热泪……

加夫列拉·米斯特拉尔把她自然的母爱转移到她所教育的孩子们身上。她为孩子们写了不少简单的儿歌童

---

① 拉格洛夫(1858—1940),瑞典女作家,生于韦姆兰省的莫尔巴卡,作品有小说《古斯泰·贝林的故事》《假基督的奇迹》《耶路撒冷》和长篇童话故事《骑鹅旅行记》等,在北欧与安徒生齐名。一九〇四年获诺贝尔文学奖,一九一四年成为瑞典文学院的一名女院士。

谣,以《柔情》为名,于一九二四年在马德里结集出版。墨西哥曾举行由四千名儿童组成的大合唱,演出这些童谣,以表示对她的敬意。加夫列拉·米斯特拉尔成了象征母爱的诗人。

一九三八年,她的第三部诗集《毁灭》(这个书名可以译作"摧残",但也是一种儿童游戏的名称,即"打枀")在布宜诺斯艾利斯出版,收入用来援助西班牙内战中受害的儿童。与《绝望》的悲怆格调不同,《毁灭》洋溢着笼罩在南美芳香土地上的广漠宁谧的气氛。我们读诗时仿佛置身于她儿时的花园,听到她同大自然和普通事物的絮絮细语。在那里,圣诗颂歌同天真童谣奇特地交织在一起;面包、葡萄酒、盐、玉米和水——献给干渴的人们的水——这些主题歌唱了人类生命不可或缺的食粮!……

诗人以她母性的手给了我们带有泥土芳香、解除心灵干渴的水。那水汲自永不涸竭的诗歌之泉,它为希腊岛上的萨福[①]和埃尔吉斯山谷的加夫列拉·米斯特拉尔涌流不息。

---

① 萨福,公元前六世纪的希腊女诗人,与荷马齐名。她的作品语言自然朴素,感情真挚动人,对后代颇有影响,近代欧洲不少诗人仍袭用她的一种诗歌体裁,称之为"萨福体"。萨福生平著有诗歌九卷,今天只留下一些断章残句。

加夫列拉·米斯特拉尔女士——您不远千里来到这里,这些短短的言辞不足以表达我们的敬意。我用几分钟的时间向塞尔玛·拉格洛夫的同胞们介绍你从教师讲台走向诗歌宝座的惊人的历程,很不全面。在对瑰丽多彩的拉丁美洲文学表示敬意的同时,我们今天有幸向它的皇后,《绝望》的作者,悲哀和母爱的伟大歌手本人致敬。

现在我请您接受由国王陛下亲自授予您的、瑞典文学院颁发给您的诺贝尔文学奖奖金。

瑞典文学院院士

哈尔马尔·古尔伯格

领奖时的讲话

今天,瑞典转向一个遥远的拉丁美洲国家,通过它文化的许多体现者之一给了它荣誉。把美洲大陆的南半球部分包括在内,从而扩大了阿尔弗雷德·诺贝尔保护文明的范围,对诺贝尔的世界主义精神可能是一种欣慰。作为智利民主的女儿,我面对瑞典民主传统的象征深受感动,这一传统的独创性在于它在创造最宝贵的社会财富方面不断自我更新。使传统摆脱陈旧的累赘,同时又完好地保存它古老美德的核心;面对现实,预见未来。这种值得赞赏的工作就是我们心目中瑞典的特色;这些成就是欧洲的光荣,也是美洲大陆的启迪和榜样。

作为一个年轻民族的女儿,我要向瑞典精神文明的先驱者致敬,我不止一次得到过他们的帮助。我想起那些为瑞典创造了物质和精神财富的科学家们。我记得那些值得外国人学习的大中学校的优秀教师队伍,我以信赖和热爱的眼光注视瑞典人民中的其他成员：农民、手工艺人和工人。

由于命运的殊遇，此刻我有幸直接代表智利诗人们，也间接代表了西班牙和葡萄牙的语言。不论以哪一种身份，我应邀参加具有数百年民间创作和诗歌传统的北欧人民的节日，都感到十分高兴。

愿上帝保佑这个典范的民族以及她的遗产和创造，保佑她努力保存光辉的过去，并以一往无前的海岸国家人民的信心走向未来。

我们的公使加哈尔多阁下代表智利出席了今天的仪式。我的祖国对瑞典怀有尊敬和爱戴之情，她派我来这里接受你们给她的特殊荣誉。智利将把你们的盛情保存在她最美好的记忆里。

加夫列拉·米斯特拉尔

妇女与摇篮曲＊

妇女是世界上最爱唱歌的,但在音乐史上很少创造,几乎默默无闻。出生在拉丁美洲的白人具有强烈的旋律感,连儿童都能信手拈来,朗朗上口,但是我一直觉得奇怪的是:在创作旋律、谱写歌曲方面,妇女的成就竟然如此之少。为什么我们妇女敢于探索诗歌,却不敢涉足音乐?语言是推论的最有力的表现,充满了抽象概念,照说并不是我们妇女熟悉的领域,为什么我们却选择了语言?

在这片荒漠中寻找音乐创作时,我发现了摇篮曲的绿洲。初级的、民间的、最好的催眠曲肯定来自那些对音律技巧和理论一无所知的可怜的女人。最早的夏娃们先是把孩子抱在怀里或者放在摇篮里摇晃,后来发现来回

＊ 本文是米斯特拉尔为她的诗集《柔情》写的后记,翻译时略有删节。

摇晃的动作有了柔和的声音伴随,更能使孩子入睡;不过那时的声音只限于闭住嘴唇的哼哼。

可是做母亲的突然心血来潮,想到要对孩子、对自己说说话,因为我们妇女尽管有好静不好动的名声,也不能长期处于消极状态,更不用说经年累月地默不作声了。于是,母亲找到了一种对自己说话的方式,她摇晃孩子,同他东拉西扯,并且还同"富有生气的"夜晚闲聊。

摇篮曲可说是母亲白天黑夜对自己的心灵,对孩子,以及对白天看得到、晚上听得见的大地的对话。

凡是通宵守护病人,或者在野外过夜的人,凡是晚上等候丈夫或兄弟回家的女人,凡是熬过夜的人都了解,夜晚充满了各种声息和活动。如果我们认为白天能使事物倍增,而夜晚能使它们统一的话,我们就错了。事实上,黑暗像是一个巨大而模糊的果实,有许多声息的果瓣。它扩大了一切,能使轻微的声息变得响亮,使细小的形体显得巨大,因此黑暗的内容非常丰富。熬夜的母亲仿佛生活在地下世界,它虚假的巨大使她惊怕,它无数的神秘丰富了她的想象。

女人不但听到小孩的呼吸,也感到子女绕膝的大地母亲的脉搏。她哄着她自己的孩子,哄着大地母亲的子女,以及她本人入睡,因为她哄孩子睡觉的啊哦声最终使自己也睡着了……

母亲像印度的千口菩萨似的,在摇篮曲里诉说她一天的辛劳;絮絮细语编出许多梦想,随即又把它们拆散;她取笑她的懒小子;一会儿一本正经地祈求上帝将他保佑,一会儿又开玩笑似的托付魔鬼把他看管;她虚张声势地恫吓他,在他信以为真之前赶紧又给他宽慰。摇篮曲的词句包罗万象,从嘲弄到伤感,从俏皮到苦恼,从玩笑到忧虑。(说实话,我最喜欢一些胡言乱语的词句,因为这里的逻辑给抛到九霄云外,牛头不对马嘴,简直妙不可言。)

* * *

美洲摇篮曲的内容很少变化,甚至原封不动。四个世纪以来,本地生长的白人很可能从未作过更改,而是一直沿用西班牙传来的摇篮曲,反复唱着词句异常优美的安达卢西亚和卡斯蒂利亚的曲子。我们也许只在祖辈相传的框架上加了一些语句,或者在原来的材料上缀补了一些当地方言。

感谢上帝,我们的祖母辈和母亲辈都是自己哺乳的;后来肉体的母性有所减退,那一方面是因为子女人数少了,另一方面是因为许多妇女不愿自己喂奶。

那么,由谁来唱摇篮曲呢?雇佣的保姆,她重复她所知道的曲子;他人的子女不足以使她陶醉,她不会出于充沛的爱情,更不会出于洋溢的幸福感而创造新的曲调。摇篮曲其实是第二种母奶。它像母奶那般源源不绝,温暖甘美。因此,如果女人自己不奶孩子,感觉不到孩子在怀里的分量,白天黑夜都不哄孩子睡觉,她怎么会哼摇篮曲呢?怎么会对孩子说些俏皮揶揄的亲昵话呢?唱得最好的总是亲自喂奶的母亲,在她哺育孩子的将近两年的时间里,一个动作完全可以形成美好的习惯,融会贯通,流出诗歌的汁水。

一位西班牙同行曾经取笑美洲生长的白人,说我们硬要创作民间诗歌,就像是催生或者人工流产。我饶有兴趣地听她议论,在语言问题上,西班牙人始终有发言权,因为西班牙语是他们传授给我们的,他们掌握熟练,最有经验。可是他们要我们干什么呢?美洲的风土人情、草木鸟兽同伊比利亚半岛的大不相同,许多西班牙的东西已经不适用了。在语言方面,我们仍然是西班牙的主顾,但已有许多人希望取得新大陆的面貌。标新立异固然荒唐可笑,但是统统拿来,全盘照搬,也不见得高明。在语言殖民统治上忠与不忠的激烈对立的问题,我改日还要对那位同行作出答复。

* * *

这些摇篮曲远够不上我所喜爱的民间歌曲水平,这一点我很清楚,正像头发凌乱、衣着不整饬时,自己心里明白一样。

有些人密切注视殖民地语言发展的艰苦历程,如同卡勒尔①们注视人体组织移植的成败;只有他们才能充分解释我们的儿童文学的失败。他们和我都确信,民间文学主要就是儿童文学,缺少这一文学品种的人民要经历很长时间才能获得。

正直的诗人了解自己的缺点,并且坦率承认。我非但了解,还应当指出,这个集子里除了两三首比较满意之外,其余的和肌肉丰满的民歌相比,都只是僵硬的"复制品"。

这些可怜的作品的问世,是让人看到它们的病足,以便请音乐家扶持它们行走,我创作的动机一半是由于回

---

① 卡勒尔(1873—1944),法国医师及生理学家,致力于人体组织移植研究,一九一二年获诺贝尔医学奖,著有《不可知的人体》。

忆起自己童年时代听到的摇篮曲,一半是为了满足别的妇女的感情要求,因为诗人应替人解开疙瘩,爱情不经语言表达是毫无作用的,反而使人郁结。

幸运的是,这些摇篮曲问世以来不胫而走。十多位墨西哥、智利和阿根廷人给了它们决定性的帮助。经它们配上种种乐调之后,这些歌曲面目一新。音乐成了美妙的肌体,歌曲的生命不依赖歌词,它们的血液和呼吸也不来自歌词。音乐获得比歌词更大的继承权,可以随心所欲地处置歌词了。(如此愚蠢俗气的歌词承蒙不弃,也许在音乐的驾驭下才能驰骋。)

我说过,我了解自己所写的每首摇篮曲的缺点和毛病,但是尽管我知道那些复杂陈旧的歌曲应当扬弃,我还是全部拿了出来。在这里,我再一次有意把缺点归诸语言的混杂。我们这辈人生不逢辰,没有远古族长时代和中世纪的经历;我属于那些由于移植的原因,内心、面目、表现都惶惑不安的人;我是那种所谓种族经历,或者说得更确切些,是种族强制的畸形现象的产物。

我一直断断续续地写一些摇篮曲;也许我至死都会为自己催眠,成为哄我自己入睡的母亲,正如那些盯着自己空虚的膝下、胡言乱语的老妇人……

这些歌曲可能对谁都没有意义,但我照样写出来。

我或许由于生活坎坷,总是赞美梦想,把它当作最浩荡的天恩。在梦想中,我的家宽敞明快,我的祖国真实可见,我的世界甜美无比。任何地方的草场都没有我梦想中的那般辽阔、平坦、优美。

歌曲中某些段落——有时是一两行成功的句子——为我开辟了一条逃避的途径,使我梦魂萦绕,回到我熟悉的祖国。音乐到达某一点,孩子悄悄溜走,剩下妈妈在傻唱,我十分了解最后这一梯级:在某一个字上,孩子和我抛下整个世界,转身溜掉,仿佛奔跑时脱掉碍事的大衣那样。

我这段题外的话是想说明,我并没有忘怀最初两年的摇篮曲:我仍旧在模糊的母爱支持下入睡,从我母亲或我自己一句滞留的话语进入圣洁母亲的广阔幽暗的怀抱,我像一片海草,整天被波浪拍击,支离破碎,终于回到她在彼岸期待着我的怀抱。

* * *

关于龙达,我本来应当再讲几句,关于我二十五年前写的儿童诗,为了求得教师和儿童们的原谅,我该讲的话更多了,但是再唠叨下去,恐怕会引起读者厌烦……

我要说的只是：在我们整个美洲，儿童文学当时仍处于幼稚阶段，一切都有待于探索。这一文学品种如此有必要，以至直到现在我们还在探索，正如我刚才所说，我们的种族生不逢辰，没有幼年，一开始就是青春时期，从印第安到欧洲的跳跃，害我们掉得头破骨折。

我相信我在西班牙、普罗旺斯和中世纪意大利的民间诗歌中已经找到我所知道的最适合儿童的龙达素材。这些地区的成人的民间文学中有不少适合儿童的作品。我尽可能地寻找时，发现我们土生土长的美洲白人缺少了七百年中世纪的历史积累和缓慢的成熟过程，虽然热情洋溢，但是力不从心，拿不出十首纯正的或者有地方特色的摇篮曲和龙达。

孩子们的儿歌对唱，做宗教游戏时的唱诗，以及平时的哼唱不是一蹴而就的，需要一个极其漫长的过程，谁都无法加速。我们精神的某些方面虽然有了飞跃发展，但还有些才能尚未成熟，正如一面还青、一面已经红熟的果子。

* * *

当我读到自己写的算是儿童诗歌的东西，尤其是当我听到儿童们念的时候,我为它们的缺少文艺气息感到羞愧,以至面红耳赤。我像内疚的罪人一样,希望做些补救,纠正生硬的词句、模糊的概念、问答式的教诲、令人腻烦的唠叨。对流传已广的诗句加以修改,这种想法虽然天真得有些可笑,但一直在我心中萦绕。

再说,我尊重儿童们的记忆,远超过一切,超过我的荷马、莎士比亚、卡尔德隆,或者鲁文·达里奥①。

希望教师们原谅我出尔反尔的莽撞。说到头,我的过失和我的优点都该由我自己负责,后者尚无定论,前者却毫无疑问。在灵魂之后,语言是我们的第二财产,除此之外,我们在世上恐怕没有其他财产了。教导儿童,并且了解自己职责的人,不妨随意修改这些诗歌。

我生活中一直在采撷儿童的语言,暌违西班牙语已经二十年了,但我仍在寻求。同西班牙土地远隔千里,我继续探究儿童语言的晶莹而又深邃的奥秘,它的深邃程度同巴西精湛的石英块相似,因为表面的假象会使视觉和触觉产生误差。

我越是听儿童们的说话,越是对自己不满,感到窘

---

① 荷马、莎士比亚、卡尔德隆和鲁文·达里奥,分别是古希腊、英国、西班牙和尼加拉瓜的著名诗人。

迫,甚至些许焦急……结结巴巴地吐露出来的爱情往往是最真挚的。我给孩子们的贫乏的爱就是如此。

一九四五年
于巴西皮特罗普利斯城

"蓝色花诗丛"总书目

(按作者出生年月先后排序)

你是黄昏的牧人	[古希腊]萨 福	罗 洛 译
天真的预言	[英]布莱克	黄雨石 等译
狄奥提玛	[德]荷尔德林	王佐良 译
致艾尔薇拉	[法]拉马丁	张秋红 译
城与海	[美]朗费罗	荒 芜 译
请你记住	[法]缪 塞	宗 璞 等译
浪漫主义的夕阳	[法]波德莱尔	欧 凡 译
这无穷尽的平原的沉寂	[法]魏尔伦	罗 洛 译
新月集·飞鸟集	[印度]泰戈尔	邹仲之 译
东西谣曲	[英]吉卜林	黎 幺 译
我爱那如此温柔的驴子	[法]雅 姆	戴望舒 等译
北方的白桦树	[俄罗斯]布 宁	陈 馥 等译
未走之路	[美]弗罗斯特	曹明伦 译
裂枝的嘎鸣	[德]赫尔曼·黑塞	欧 凡 译
注视一只黑鸟的十三种方式	[美]史蒂文斯	王佐良 译

沙与沫	[黎巴嫩]纪伯伦	绿　原 译
重返伊甸园	[英]劳伦斯	毕冰宾 译
荒　原	[英]T.S.艾略特	赵萝蕤 等译
对星星的诺言	[智利]米斯特拉尔	王央乐 等译
小小的死亡之歌	[西班牙]洛尔迦	戴望舒 译
不要温顺地走进那个良宵	[英]狄兰·托马斯	海　岸 译

(待续)